Minha voz de tinta

Poemas (1997-2020)

Minha voz de tinta

Marcel Beyer

seleção e tradução:
Douglas Pompeu

jabuticaba

Dados Internacionais de Catalogação na Publicação (CIP) de acordo com ISBD

B573m Beyer, Marcel

Minha voz de tinta / Marcel Beyer ; traduzido por Douglas Pompeu. - São Paulo : Edições Jabuticaba, 2024.
308 p. ; 14cm x 21cm.

Inclui índice.
ISBN: 978-85-93478-28-4

1. Literatura alemã. 2. Poesia. I. Pompeu, Douglas. II Título.

CDD 831
2024-283 CDU 821.112.2-1

Elaborado por Odilio Hilario Moreira Junior - CRB-8/9949

Índice para catálogo sistemático:
1. Literatura alemã: poesia 831
2. Literatura alemã: poesia 821.112.2-1

Seleção e tradução: Douglas Pompeu
Revisão: Mário Gomes e Simone Brantes
Design miolo: Cesare Rodrigues
Capa: Manu Wolf
Motivo: *Marmormehl* de Jacqueline Merz

A tradução deste livro foi apoiada por uma bolsa Extensiv-Initiativ concedida pelo Deutscher Übersetzerfonds no âmbito do programa Neustart Kultur, fomentado pelo Órgão Comissário do Governo Federal Alemão para a Cultura e os Meios de Comunicação Social, e por uma bolsa de fomento à tradução do Goethe-Institut

Deutscher Übersetzerfonds
NEU START KULTUR
GOETHE INSTITUT

9 788593 478284

Edições Jabuticaba
www.ediçõesjabuticaba.com.br
www.facebook.com.br/Edjabuticaba
instagram: @livrosjabuticaba

SUMÁRIO

Minha voz de tinta

Die dritte Person

Du gehst zum Praterstern, ich geh allein
wegen des fahlen Lichts zur Donauinsel,
im Hochsommer, im Winter du. Wegen
des Lichts: Ich frage nach der Kälte dort
in deinem Sektor, jedoch die Flocken fliegen
nicht, die Luft, die Wolken zwischen Ring
und Josefstadt. Ortskundig jeder, doch
Sektorengrenzen lassen sich nicht übertreten.
In welchem Sektor liegt die Donauinsel, wo
unter freiem Himmel in der Hitze Lichter
flackern. Ich frage dich nach diesen Ketten,
du hörst es nicht, du steckst im Winter, und
es bleibt ungeklärt, aus welchem Sektor
jene Wurst stammt, zum Kaffee gereicht.

Forro Falso

Falsches Futter, 1997

A terceira pessoa

Você vai ao Praterstern e eu sozinho
devido à luz pálida vou pra ilha
do Danúbio, em pleno verão, você no
inverno. Devido à luz: pergunto pelo frio
no teu setor, mas os flocos não flutuam,
o ar, as nuvens entre o Ring e Josefstadt.
Orientados estão todos, mas os limites
dos setores seguem intransponíveis.
Em que setor fica a ilha do Danúbio,
onde, luzes tremulam no calor sob um
céu livre. Pergunto por estas luzinhas,
você não escuta, está preso no inverno,
e não fica nada claro de qual setor
vem essa salsicha, servida com café.

Blondes Gedicht

Herr Ober: Ihre schwarzen Schuhe,
Anzug und Krawatte. Ich leg der Stimme
etwas Blondheit auf. Zückt er die Börse,
glänzt das schwarze Leder. Herr Ober steht
bei Tisch, ein Auge wackelt, abgedreht, ein
blondes Auge. Das Oberlippenbärtchen
schimmert grau im Rauch der deutschen
Zigarette. Ich hätt gern etwas von der
schwarzen Torte. Ich spreche laut und
deutlich: Und einen kleinen Schwarzen bitte.
Ja, der Herr. Auf Absatz umgedreht. Ich hör im
Kopf die Sprache, wovon die Mikrophonanlage
deutlich macht gestochene Akzente. Am
Nebentisch nickt Josef: Dies ist die
Sprache Gotens und Holunderlins.
Gefährlichstes der Güter. Derweil,
gestochen mit der Gabel, aus Biskuit
der Torte ein wenig roter Zähfluß
wird gepreßt.

Poema Loiro

Sr. Garçom: seus sapatos pretos,
terno e gravata. Deposito na voz um
pouco de loirice. Se ele saca a carteira,
o couro preto brilha. Sr. Garçom de pé,
à mesa, um olho treme, estorce, um
olho loiro. O bigodinho que cintila
cinzento na fumaça do cigarro
alemão. Queria um pedaço do floresta
negra. Falo alto e claro: por favor,
e um café preto. Sim, senhor. Ele gira
sobre o salto. Na cabeça ouço a língua,
a microfonia acentua o sotaque
punçante. Na mesa ao lado, Josef
meneia a cabeça: esta é a língua
dos Godos e dos Holunderlins.
De todos os bens o mais perigoso.
Enquanto, espetado pelo garfo,
o bolo de biscuit exprime um pouco
da sua lama escarlate.

Ein Photorealismus, Picknick

Ein letztes Hotdog seh ich, durch verschmierte
Scheibe, jemanden verspeisen, die Augen
flackern, meine, Spiegelbild, vorbei an
Glanzpapier, Karlsplatz, Standphotos, Zeitungs-,
Nervenständer, ein Opa widmet sich der
Core-Lektüre, derweil aus dem Transistor
Charlie Parker dorisch hallt, zur U-Bahn
runter, Bebop, Feuchtfilm SCHARF KONTURIERT
der Zeitungshändler, letzte Zigarette, spricht,
Passage schon gefegt von Sandlerin, die jeden
Abend SCHARFE KONTUREN Baß und HiHat ziehen
ab, derweil der Opa schaut genau und blättert,
um kurz vor Elf die Unterführung leer, jetzt
peitscht der Opa sich, jetzt peitscht auch
Charlie Parker zwölf Takte noch mit Hand in
Hosentasche unauffällig einen ab, derweil
Verkäufer schon die Brust-, Anal- und
Augenbilder stapelt, juckt sich synkopisch,
jetzt das Saxophon bald freejazzartig an den
Lippen klebt, zieht ruhig, bevor das Thema
Bläsersatz nun wieder angesteuert, die warme
Hand KONTUREN SCHARF aus seiner Hose, im
Hintergrund sehn wir zwei Jungen und
ein Mädchen, das Radio aus, ins
Damenklo »MAN MUSS SICH BEEILEN,
WENN MANN NOCH EINEN HOCHKRIEGEN
WILL. ALLES VERSCHWINDET.«

Um fotorealismo, piquenique

Pelo vidro engordurado eu vejo alguém
devorar um último hot-dog, os olhos
tremulam, os meus, imagem no espelho,
passando sobre papel couchê, Karlplatz,
fotos de tripé, bancas de jornal e nervos,
um vovô se dedica à leitura de pornôs,
enquanto, do transistor vibra Charlie Parker
dórico metrô abaixo, Bebop, película
lubrificante CONTORNOS NÍTIDOS
o jornaleiro, último cigarro, fala, passagem
já varrida pela pedinte que todas as noites
CONTORNOS NÍTIDOS o baixo e o HitHat
em retirada, ao passo que o vovô observa,
folheia, faltando pouco pras onze a passagem
subterrânea deserta, agora ele se açoita,
agora Charlie Parker açoita também doze
compassos, dissimulado, com a mão no bolso,
e, enquanto o vendedor empilha fotos
de peito, bunda e olhos, o saxofone grudado
aos lábios se coça em síncopes quase num freejazz,
toca calmo, antes que o tema arranjo de sopros
seja abordado de novo e a mão morna saia
CONTORNOS NÍTIDOS de suas calças,
ao fundo vemos dois garotos e uma garota,
o rádio desligado, a caminho do banheiro feminino
"TEMOS QUE APERTAR O PASSO,
SE QUEREMOS ELE DURO. TUDO ACABA."

Junge Hunde

Ach, die Gutgebügelten, junge
Luden am Nebentisch, trinken
das Panzerpils und tauschen
Herrenheftchen. Einer wirft beim
Aufstehn die Flasche Bier um,
schmiert dann, nach und nach, ein
ganzes Paket Tempos über den
Plastiksitz. Kurzschnitte, und
Pomade. Totes Büffet. Im Jungsklo,
schöne Teile. Ein alter Glatzkopf
zupft sich etwas von den Lippen.
Humer-Bursche. Geschlipst. Gewienert.
Junge Hunde. Fickriges Blau. Im
Klappergang, Wien West, verschwitzte
Gürteltiere. Rauch schneller, Lude.
Ohneservice. Vielleicht Ein- bis
Zweihundert, in Randbezirken,
Arbeiterbeisln, Siebzehnter. Trotte
im Regen, aus einem offenen Fenster,
obere Etage, Dampf.

Cães jovens

Ah, os engomadinhos, jovens
chulos à mesa ao lado, bebem
pilsen Panzer e trocam revistas
masculinas. Um deles se levanta,
derruba a garrafa de cerveja,
lambuza assim, aos poucos, todo
um pacote de lencinhos Tempo
sobre o assento plástico. Cortes breves
e brilhantina. Bufê morto. No banheiro
dos rapazes, bons bocados. Um velho
careca puxa algo de seus lábios.
Caras-humer. Engravatados, asseados.
Cães jovens. Azul no cio. Num beco
de matracas, Viena Oeste, tatus
suados. Fume mais rápido, chulo.
Sem-serviço. Talvez de cem até
duzentos, nas quebradas,
nos botecos de operários, no distrito
dezessete. Trote na chuva, da janela,
no andar de cima, vapor.

Froschfett

Froschfett, in ausgereiztem Zustand, bis
auf die Ränder ausgekratzt und
brüchig, schwarz noch, aber nur mäßig

so strichen sie, Bert, Berta, Leni, Martha,
Walter schon in Jugendjahren, das Schuhwerk,
ebenmäßig, glänzten sie, und ausgereizt

das haftet, haftet nicht, aber der Balg schon
blank, gebrochene Fasern, halb Vorfahr ich,
halb Randfigur mit schwarzen Fingernägeln

und einen Halbsatz auf den Lippen, also an völlig
falschem Ort, so streicht man alle Zeit, wie
ich, hinweg, über das mäßig ausgeblichene Leder,

brüchig der Ton, so strich man eben noch, und
eben, mäßig laut, die andere Hälfte, so läßt man
stets das Leder fahren, das eingefärbte, schwach

und endlich dorthin, wo der verschmierte
Balg verschwindet, ich bin
nicht da, ich bin verstaut im Kasten.

Graxa Sapo

Graxa Sapo, em estado consumado,
ressecada e raspada até as bordas,
preta ainda, mas só de forma moderada

assim engraxavam, Bert, Berta, Leni, Martha,
Walter já na juventude, seus calçados
brilhavam simétricos e consumados

o brilho pega, não pega, e a flanela já
gasta, as fibras soltas, eu meio ancestral,
meio à margem com as unhas pretas

e uma frase pela metade nos lábios, num
lugar equivocado, assim engraxam o tempo todo,
como eu, a fio, o couro meio desbotado,

o som quebradiço, assim mesmo engraxavam, e
assim, à meia voz, a outra metade, sempre
abandonam o couro, o tingido, frágil e

finalmente até o ponto, onde ensebada
de graxa a flanela some, mas ali não
estou, eu estou enfiado na caixa.

Falsches Futter

Am Herrentisch die alternden Gespräche,
»und gab zur Antwort: Aßen nichts als
Sauerkraut und Bohnen.« Allerbester Scherz,
privatsprachlich, versteht sich. Die
Zittrigen, die Skagerrak, die »Norwegen,
am Oberdeck, den zwanzigsten April, bei
Schweinekälte, der Rest der Kompanie
flog heim ins Reich, Berlin, und weg.«
Und wie sie inhalieren, jeder Atemzug
ein Luftalarm. Jetzt sieht man einen
schönen Hund vorbeispazieren, hinkendes
Herrchen auf dem Weg zum Klo kommt
nach. Sorgsam den Harntrieb austarieren,
Schritt für Schritt, gefährliches Manöver. Dabei
Büffetkraft abtaxiert. Stammkundschaft, früher
Mütterschreck, galantestes Parlieren. Gewisse
Seufzer eingeübt, gewisse Blicke. Hartes Training.
Die Klotür quietscht. Der schöne Hund am Napf
jetzt, er frißt falsches Futter. Beißzahn, Beißgeruch.
Dann schlurft das Herrchen schon zurück, hier
Schlachtschiff, schwankend, auf dem Weg ins
Trockendock. Der schöne Hund beim Garderobenständer,
er schnüffelt dort, wo sich ein Mann den Staubmantel
am Vorabend benetzt hat aus Versehen. Das Herrchen
ruft. Der schöne Hund pariert. Denn falsches Futter
schmeckt beizeiten, sofern es artgerecht serviert.

Forro falso

Na mesa masculina os velhos papos,
"e como resposta: não comíamos nada
além de vagem e chucrute." A melhor
de todas as piadas, entre amigos, É claro.
Os trêmulos, os de Escagerraque, os da
"Noruega, no tombadilho, o vinte de abril,
um frio do cão, o resto da companhia
voou pra casa, para o Reich, Berlim e tchau."
E como bufavam, em cada respiro,
um alarme aéreo. Agora um belo cão
é visto passar ao largo, seu dono manco
segue-o a caminho do banheiro.
Tarar com esmero o impulso urinário.
Passo a passo, manobra arriscada. E no
caminho fiscalizar garçonetes. Freguesia, antes
susto materno, conversa galante. Certos
suspiros ensaiados. Certos olhares. Treino duro.
A porta do banheiro range. O belo cão à tigela,
forra a barriga com comida falsa. Incisivos, cheiro
de mordida. Então seu dono se arrasta de volta,
navio de batalha, vacilante, a caminho das
docas. O belo cão junto ao descanso do vestiário,
farejando algo ali, onde um homem na noite
anterior molhou, por engano, um casaco.
O dono chama. O belo cão obedece. Pois forro
falso apetece, se o servido faz jus à espécie.

Die flinke Kürschnerin

Die flinke Kürschnerin: Ausschließlich
Innennähte. Noch warm das frische Fell.
Dies, dieses mein Verhältnis. Pelzig,
innen, die Gewänder. Bis zur Unkenntlich-
keit. Aus Abschaumfetzen. Die letzten
Schnitte aus dem Modefunk. Welk, die
Haut. Gestrichen Richtung Hals, der
Kragen. Dies, dieses ihr Verhältnis
zum eigenen Körper hat sie mir vererbt.
Verbrecherisch. Und mit der Schere.
Wie sie mir zwischen die Beine schaut.
Das spürst du dann. Das ist der Abgang.
Ausgebucht bis ‚38. Verproviantiert. In
Todesfragen. Speisen in Nowgorod,
getackerte Bekleidung. Sie sah die
Zobel flitzen, schneewärts, grell. Sie
verdaut nicht mehr. Erbricht alles, seit
zwanzig Jahren. Jetzt ledern. Und das
Leben

A peleira ágil

A peleira ágil: apenas costuras
internas. A pele fresca morna ainda.
Isto, este meu vínculo. De peliça,
por dentro, as vestes. Até a desfigur-
ação. Farrapos de sobras. Os últimos
cortes da difusão da moda. Murcha,
a pele. Traçada em direção ao pescoço,
a gola. Isto, este seu vínculo
com o próprio corpo eu herdei dela.
Criminosa. Empunhando a tesoura.
Como me olha entre as pernas.
Você só sente depois. A saída de cena.
Ocupada até 38. Munida de provisões.
Questões de morte. Refeições em Novogárdia,
roupas grampeadas. Viu zibelinas chisparem
em direção à neve, ofuscante. Não
digere mais nada. Vomita tudo, há
vinte anos. Couro agora. E a
vida.

Der frühe Zucker, Berta

Vererbte der Tochter Leni den Italienerblick,
die Wasserwellen, und gegerbte Haut.
Bärengeschichten auch, aus ferner Mundart.
Den Ofen. Warum ist hier kein Dragoman

für dies: Zucker, Zucker. Grundsätzlich
blickdicht, Stützstrümpfe, das Wasser.
Die Beine, ja. Haarnetz und Nadeln. Ein
jeder spricht ein eigenes Deutsch nach
seiner Abkunft, ich spreche es je nach

Façon. Luft und die Frage: Wie halten wir
das Schwere in der Luft. Der Sprit ging aus,
dem Sohn, über der spanischen Küste, Jahr
1937 abgeblendet. Den Himmel abgesucht.
Tierkreiszeichen, und abgeschossene Pfote.
Horch. Der Kerosingehalt der Luft. Irgend

etwas atmet man schließlich immer. Verbranntes
Wasser. Dann schwacher Tee und fremdes Obst
und Katzenzungen. Die Blenden runter, dunkle
Jahre, Geschichten, Bär, und Zucker, Laut.
Warum ist jetzt kein Dragoman in Hörweite?

O açúcar precoce, Berta

Deixou à filha Leni o olhar italiano,
o cabelo ondulado, a pele curtida.
Também histórias de ursos, de dialetos antigos.
O forno. Porque não há um dragomano

aqui: açúcar, açúcar. A água, meias
de compressão, basicamente opacas.
As pernas, sim. Redinha de cabelo e agulhas.
Cada qual fala um alemão próprio
segundo a sua origem, eu falo é por

façon. Ar e a questão: como mantemos
o pesado no ar. Sem combustível,
o filho, pela costa espanhola, ano 1937,
fade-out. O céu rastreado. Zodíacos
e patas alvejadas. Escuta. O teor
de querosene no ar. Alguém sempre

acaba inalando algo. Água queimada.
Chá ameno e fruta estrangeira
e línguas de gato. Persianas abaixadas,
anos escuros, histórias, ursos e açúcar, ruído.
Porque não há nenhum dragomano à escuta?

Leni, tiernah

Leni im Finstern. Die Durststunde.
Im Dunkelkammerzelt. Leni mit Feldflasche.
Savannenluft kratzt dir den Rest der Stimme
aus dem Hals. Schmierfilm. Leni, im
Innersten: Hinkebein, alte Tankstellenbekanntschaft,
in Blitzmontur, Schnellschuß, die Spritzer, geölte
Partien, die glitschigen Hände am Overall
abgewischt. Abgeblitzter Anwärter,
verflossenes Photo. Leni mit Ölflasche.

Leni beim Blitzen. Mit Beblickungs-,
mit Belichtungsmesser um den Hals.
Leni mit Tropenhelm. Leni im Licht, korrekt
geschnittene Khakis. Leni am Schneidetisch.
Leni im innersten Afrika. Leni beim Züchten,
tiernah. Hier: wer nicht mehr ganz da ist,
der geht verwesen. Denk mal: Hinkebein, Tankwart,
bleibt in Berlin und bringt sich ums Leben. Hoppla, wir
filmen: Leni vor Sonnenaufgang, der Dolmetscher
linksseitig. Sprachkomfort, jetzt heißt es
auf die Hitze warten.

Leni, junto aos animais

Leni nas trevas. A hora da sede.
Na tenda de revelação. Leni com cantil.
O ar da savana raspa o resto da voz
na garganta. Película de graxa. Leni, na
intimidade: o coxo, velho conhecido do posto
de gasolina, uniforme da Bliztkrieg, tiro rápido,
os respingos, peças lubrificadas, as mãos besuntadas
se limpam no macacão. Candidatos rechaçados,
foto terminada. Leni com lubrificante.

Leni aos flashes. Com o olhometro,
fotometro pendurado no pescoço. Leni
com o capacete de guerra. Leni na luz, calça
cáqui impecavelmente alinhavada, Leni na mesa
de edição. Leni no interior da África. Leni criando,
junto aos animais. Aqui: quem já não está
de corpo e alma, vai pro saco. Pense: o coxo,
o frentista, fica em Berlim e se mata. Ops!
Estamos filmando: Leni na alvorada, o intérprete
à esquerda. Conforto linguístico, agora é
esperar o calor.

Dunkle Augen

In manchen Stunden werden meine Augen
dunkel, dann rase ich zurück in meine
Dunkelheit, bevor die ersten Worte
kamen: Am Gasthaustisch um drei Uhr
früh, dann rasselt etwas anderes im
Hals, dann liegt, im Gitterbett,
jemand, und seine dunklen Augen
starren an die Decke, weit zurück.
Und weiter noch, gegen halb Vier, die Augen
nachgedunkelt: Senf, der Grind in Fliegengittern,
Wiener, und stickig, über Land.
In manchen Stunden, Augenblick, Relikt: Das
Anstarren von Telefonen, nachts, im Sessel
abseits, eingehüllt, und Kabel stöpseln
sehen, warten, schwach, bevor
die ersten Worte kommen, dort,
zurück mit dunklen Augen.

Olhos escuros

Em certas horas meus olhos se escurecem,
então apresso-me de volta à minha
escuridão, antes que me cheguem
as primeiras palavras: à mesa da pousada
às três da madrugada, algo distinto
tatala na garganta, alguém está deitado
no berço, e seus olhos escuros
encaram o teto, para trás, bem longe.
E ainda mais longe, às três e meia, os olhos
escurecidos: mostarda, a mancha nas telas
de mosquitos, salsichas, ar abafado, sobre
o campo. Em certas horas, instante, vestígio.
O encarar de telefones, à noite, à parte
na poltrona, acalentado, vendo cabos
sendo conectados, esperando, lânguido,
antes que as primeiras palavras surjam, ali,
de volta, com olhos escuros.

Jihad Klänge der Heimat

Jihad Klänge der Heimat spielen sie
unten im Hof, im Dunkeln, wie jeden
Abend, der Nachthimmel hält dich wach.

Sie spielen die Kairocassetten, die hat
der Cousin mitgebracht, du bist bei den
Schatten, beim Gestern, beim Schweigen

von letzter Nacht, du denkst an bestimmte
Kekse, an Sofas, du weißt nicht warum,
denkst an ungemachte Betten, und siehst,

wie sich Wolken verlagern, du denkst
an Blaufilm-Atrappen, du bist bei den
schattigen Bildern, bei Seifeflocken und

Schnee, während unten die Klänge
verwildern, da der Cousin mit rauher
Stimme im Hof, vor der Garage, den

nächsten Durchgang mitsingt, was bis
in die vierte Etage, bis in die Schlafstatt
dringt. Dem Jüngsten steckt es im Rachen,

er beherrscht solche Laute nicht mehr. Was
sollen die Eltern machen, das Flüstern fällt
ihnen schwer. Ich weiß nichts von ihren

Gesprächen, nur von diesem kehligen
Klang. Der Jüngste hat keine Schwestern,
ihm wird die Nacht zu lang. Das Rauhe, das

Jihad, sons da pátria

Jihad, sons da pátria, tocam no pátio
lá embaixo, no escuro, como toda
tarde, o céu noturno te mantém acordado.

Tocam as fitas, que um primo trouxe
de Cairo, você junto às sombras,
no passado, no silêncio da última

noite, você pensa em determinadas
bolachas, sofás, não sabe o porquê,
pensa em camas desfeitas, e repara,

em como as nuvens se movem, pensa
em noites americanas, está junto
das imagens sombreadas, de flocos de

de sabão e neve, enquanto lá embaixo os sons
selvagens, o primo ali com a voz rouca
no pátio, na frente da garagem, cantando

a próxima passagem, que penetra
até o quarto andar, até os dormitórios.
O rapaz com algo na garganta, já não

domina esse tipo de canto. O que os
pais deveriam fazer, lhes custa falar
sussurrando. Não sei nada de suas

conversas, apenas deste som
gutural. O caçula não tem irmãs,
sua noite é uma imensidão. O brusco,

Kehlige: Gestern war stundenlang Blickangst
und ein taubes Gefühl im Arm. Seitdem ist
die Taubheit geblieben, oder der Halbschlaf

bricht an. Sie spielen bis gegen Sieben, zwischen
den Häusern dämmert es schon, das Kind wird
bald weinend erwachen, es kennt keinen anderen

Ton. Sie spielen bis gegen Sieben, dann hörst
du nichts mehr vom Hof. Auf der Straße die
ersten Wagen, du fällst in leichten Schlaf.

o gutural: ontem, horas a fio, olhar
de medo e uma dormência no braço.
Desde então a intumescência perdura,

ou a falta de sono. Tocam até as sete, já
anoitece entre as casas, a criança vai logo
acordar chorando, não conhece outro

tipo de som. Tocam até as sete, então
você não escuta mais nada do pátio. Na rua
os primeiros carros, um sono leve te embala.

Das kommende Blau

Sie löffelt Blau aus einer Tonne,
in der Farbhalle, russisches. Im
Nebenraum die fleckigen Papiere,
Öl und Film, Grußkarten, Erste
Hilfe-Bilder, Leitfäden in
gebläuter Schrift. Wir lesen
nicht, wir waten durch den offenen
Maschinensaal, wir löffeln mit
der Kehrichtschaufel Blau in einen
Kübel. Der Kragen steht, der Himmel
ungenau, im Lager, Wald- und
Sperrbereich fällt der Marinehimmel,
fällt frisches Wolkenblau in Placken
von der Mauer. Du löffelst noch, ich
wende Logbücher im Nebenraum,
flimmernder Schuh und blaue Hand.

O azul vindouro

De um tonel no pavilhão de tintas
ela retira azul a colheradas, russo.
Na sala ao lado, papéis manchados,
óleo e película, cartões de visita,
imagens de primeiro-socorro,
linhas guias em escrita azulada.
Mas não lemos, perambulamos
através da sala de máquinas,
tiramos com a pá o azul de uma cuba.
A gola em pé, o céu incerto,
no depósito, zona florestal e inter-
ditada, o céu marinho cai, o fresco azul
das nuvens cai do muro em laivos.
Você segue a colheradas, eu reviro
diários de bordo na sala ao lado,
o sapato cintilante e a mão azul.

Stille, die Moccastube

Stille, und Möwen. Ich ziehe das
linke Bein nach, die Wochenend-
krankheit, die Augenklappe, das
Studio, künstliches Licht. Stille,
die Moccastube, die Möwen im
Grasland und auf den Straßen-
laternen, die blasseren Scheiben,
das rechte Bein nicht. Möwen,
die Stube geschlossen, die Werk-
statt für künstliche Augen, am
Ufer dreht jetzt ein kreischender
Schwarm ab, die dunklere Schicht.

Silêncio, o bar Mocca

Silêncio, e gaivotas. Eu arrasto
a perna esquerda, mazelas de
domingo, o tapa-olhos, o
estúdio, luz artificial. Silêncio,
o bar Mocca, as gaivotas
no campo e sobre os postes
de luz, os vidros mais pálidos,
a perna direita não. Gaivotas,
o bar fechado, a oficina para olhos
artificiais, na margem do rio
um bando esganiça e muda
sua rota, a mais escura camada.

Mit Straßenschuhen

Vom Schnüffeln reden, vom gelockerten
Besteck, verklebten Nasen auf der anderen
Seite, von Winterströmung, gelbem Schein
und Handtaschen, dem seltenen Gepäck.
Doch wie soll ich, in Unterkleidern, das
Mitgeschleppte weiter schleppen, wie, im
stehenden Verkehr, die Schläfen spüren, wie
soll ich hier am Bordstein hin in Görlitz Nacht.
Vom Kochen hier, im Frost, vom Haferschleim,
von Worten, einzeln, abgeschieden, von Trockenkeks
und -speise, hingelöffelt, vom abgeschnüffelten
Verschnitt, dem Leim. Wie soll ich hören, wie von
Plastiktüten reden, wie soll ich wandern, wie die Knochen
fassen, wie soll ich Schlaf, wie das Gegorene berühren.

Com sapatos de rua

Falar de fungadas, de talheres
à mão, de narizes tapados do outro
lado, de correntes de inverno, do lume
amarelo e de bolsas de mão, de bagagem rara.
No entanto, como devo, em roupas de baixo,
seguir levando o fardo, como, no trânsito
parado, sentir as têmporas, como devo ao
meio-fio aqui em Görlitz noite adentro.
De cozinhar aqui, na friagem, de papa de aveia,
de palavras soltas, separadas, de bolachas secas e
preparados, enfiados goela abaixo, do mesclado
farejado, de cola. Como devo escutar, como falar
de sacolas de plástico, como devo andar, apanhar
os ossos, como devo tocar o sono e o fermentado.

Nur zwei Koffer

Was dort im Koffer liegt, sagst du, ist allein
mir bekannt: doch kein leichtes Rasierzeug,
die Borsten gelockert von Hand. Ein anderer,
brüchige Riemen, auch sein Inhalt

ungenannt, die Seife, die Klingen schienen
- aus Wien, Berlin, aus Kassel - uns
miteinander verwandt. Es bleiben nur
die zwei Koffer, Rasurfehler hier, und du: ich
stelle die Kinderfrage ebenso lautlos. Wozu.

Apenas duas malas

O que há ali naquela mala, você diz,
só eu sei: ainda que não haja aparelho
de barbear algum, as cerdas à mão. A outra,
com alças frágeis, seu conteúdo também

sem nome, o sabão, as lâminas que parecem
– de Viena, de Berlim, de Kassel –
aparentadas entre si. Aqui restam apenas
as duas malas, falhas de barbeado, e você: eu
sussurro a pergunta infantil. Pra quê?

Geografia
Erdkunde, 2002

Erdkunde

I

Mir träumte von Knochen,
ich war im Gelände,
mein Gesicht, meine Füße,
ich schaute auf meine Hände,

in den Staub, den Niesel,
ich wußte nicht, bin ich
in Teplitz, in Teplice oder in Tepl,
ich berührte nichts, alles,

fürchtete ich, würde zerbröckeln,
so wie der Name, porös,
porös in der Hand, der Senke,
es roch, als sei etwas verbrannt,

eine Schürfstelle sicher,
ich stand unter der Erde,
doch der Himmel blieb
da. Nirgendwo Knochen.

Geografia

I

Sonhei com ossos,
eu estava no campo,
meu rosto, meus pés,
olhava minhas mãos,

pra poeira, pro chuvisco,
eu não sabia, se estava
em Teplitz, Teplice ou em Tepl,
não tocava em nada, tudo,

eu temia, se desmancharia,
até mesmo o nome, poroso,
poroso nas mãos, no declive,
algo cheirava a queimado,

certamente uma escavação.
De pé eu estava de baixo
da terra, mas o céu continuava
ali. Em parte alguma, ossos.

II

Auf eine warme Flasche
zum Nachbarn in den Keller,
meine Kohleneimer bleiben
draußen. Die Bar ist

Handarbeit, der Tropfenfänger
Spitze, Plauen. Kein Poster,
keine Hot Pants, keine
Titelseiten an der Wand,

dafür ein Knochenmann
aus Pappe, der sich bewegen
und im Dunkeln leuchten
kann. Gestern hat er den Wagen

vor die Leitplanke gesetzt,
seinen Renault, sponsored by
Mutti oder Mausi. Seit
einer Woche nichts von ihr

gehört, sonst wären sie morgen
hinter die Grenze gefahren,
er geht da tanken und
beguckt die Frauen, sie zum

Friseur. Alles auf Deutsch,
im Zweifelsfall macht man so.
Manchmal ein Picknick, feuchte
Sitze, Kühlboxversagen.

II

Por uma cerveja morna
ao porão do vizinho adentro,
os baldes de carvão ficam
lá fora. O bar é trabalho

manual, a pingadeira
rende, Plauen. Poster algum,
nada de hot pants, capa
de revista alguma na parede,

em seu lugar um esqueleto
de papelão, capaz de se
mexer e brilhar no escuro.
Ontem ele parou o carro

diante da mureta, seu
Renault, sponsered by
mamãe ou by mozinho. Já
uma semana sem notícias

dela, de outra forma amanhã
teriam cruzado a fronteira.
Ele abastece o tanque e
seca as mulheres, ela vai ao

cabelereiro. Na dúvida, assim
é que se faz, tudo em alemão.
Aqui e ali, um piquenique,
assentos úmidos, falha do cooler.

III

Ich nicke, stelle keine
Fragen, mein Blick geht
ins Dunkel, wo eine Luke
sein muß, ein Kohlenhaufen.

Möglich, er bringt sich was
aus Tschechien mit, die glühen
schnell, sind jung und
verboten. Ich stochere nicht,

die Finger taub vom Eimergriff,
die Knöchel, die Briketts, ich
fasse auch nichts an. Meine
Ossifizierung, starre Augen.

III

Meneio a cabeça, não
faço perguntas, meu olhar
vai pro escuro, pra onde deve
haver uma fenda, uma pilha

de carvão. Capaz que traga
alguns da República Tcheca,
queimam rápido, são frescos
e proibidos. Eu não atiço,

a alça do balde adormece os
dedos, os artelhos, briquetes,
eu não toco em nada. Minha
ossificação, olhos fixos.

IV

Über den Kamm. Streiche
Böhmen, streiche Land
mit dem Finger auf der
Karte. Fächer- und

Feuerpalmen, Sumpfzypressen,
Torf, ohne Wattejacke,
ohne Schutzhelm in die
Sprache. Du schabst, sackst

ab. Fuchsrote Klumpen, fremde
Felder, Bitumenbänder
aus der Palmenwachszeit. Mit
dem Finger hinters

Ohr, verschorft seit Jahren,
du spürst den Knorpel, du
weißt nicht, ist es Grind,
Talg, ist es ein Schwamm.

IV

Sobre a crista. Eu traço
Böhmen, eu traço terras
com o dedo sobre o
mapa. Palmeiras-fogo

e palmeiras-leque, cipreste
dos pântanos, turfa, sem casaco
de algodão, sem capacete
língua adentro. Você raspa,

vai fundo. Torrões ruivo-raposa,
campos estrangeiros, fitas de
betume do tempo de crescimento
de palmeiras. Com o dedo atrás

da orelha, há anos encrustada,
você sente a cartilagem,
você não sabe, se é escara,
sebo, ou se é uma esponja.

V

An der Leitplanke dachte er,
jetzt kratzt du ab. Ich
folge nicht, ich höre nur
den Ton, die weichen Konsonanten.

Mein Nachbar schleppt den
Rasenmäher in den Garten,
ich bleibe in der Kellerluft,
oben das Radio, ein bißchen

Beat, ein bißchen Ballett,
aber leise, falls seine Frau
sich melden sollte, Telefon.
Hier unten Sommerfäule,

Kohlenstaub, Feuchtigkeit in
den Mauern. Keine Salonbriketts.
Er wartet. Ich murmele
ihm nach. Ich schwitze.

V

Junto da mureta ele pensava,
agora você bate as botas.
Eu não entendo, apenas ouço
o som, as suaves consoantes.

Meu vizinho arrasta o
cortador de gramas no jardim,
eu permaneço no ar do porão,
lá em cima o rádio, um pouco

beat, um pouco ballett,
porém baixinho, caso a mulher
dê sinal de vida, telefone.
Aqui embaixo putrefação veranil,

pó de carvão, umidade
nas paredes. Nenhum briquete
de salão. Ele espera. Eu o imito
murmurando. Eu suo.

VI

Einmal habe ich Bälge
gesehen, aufgereiht in
ihrer Kiste, Stieglitze,
Varietäten von überall aus

dem Osten. Manche sind rund
hundert Jahre alt, keinerlei
Farbverluste, der Kopf,
der Schwanz, die Flügel, und

innen ist Watte. Erst seit
kurzem bewahrt man auch
ihre Knochen. Ich sah,
sie liegen gut in der Hand.

VI

Certa vez, vi despojos,
alinhados em suas caixas,
pintassilgos, variedades
de todas as partes do

oriente. Alguns são redondos,
têm cem anos, perda alguma
de cor, a cabeça, o rabo,
as asas, e por dentro

algodão. Só faz pouco
tempo que se conserva
também seus ossos. Eu vi,
cabem na palma da mão.

VII

Ackermanngegend. Kein
Braunton, nichts reimt
sich auf Braun. An
meinem Handrücken

die abgeschürfte Stelle.
Versandete Areale, Lehm,
alles papppig und grau.
Da fand ich die Glanzerde

und den Gerenmantel, unsichere
Lesart, Kopistenfehler
oder untergegangener
Sinn. Schoßmantel, Saum,

vor sechshundert Jahren.
Die Gräber ausgehoben,
Abraum, Grundwasserfragen,
mir träumte von Knochen.

VII

Área de aradores. Nenhum
tom castanho, nada
rima com castanho. Nas
costas de minha mão

as marcas da pele escoriada.
Areais assoreados, argila,
tudo pastoso e cinzento.
Ali encontrei o ELDORADO

e a GANANBARDINA, tipo
de leitura incerta, erro
de copistas ou sentido
extraviado. Sobretudo, debrum,

há seiscentos anos.
Os túmulos escavados,
entulho, questão de lençóis
freáticos, sonhei com ossos.

Schilf

Schilf steht auch über Land, steht
in der Schwebe, still. Schilf steht,
ich höre nichts, im Licht, du siehst
noch Schachtelhalm und Flechtwerk
linkerhand, und Tracht. Die Fragen
klingen nach im Schilf, die Wolken
oben, das Gesicht, das Atmen wird
noch in die Rede eingewoben. Doch
wie es um das Schilf steht, wie um
das Gewebe, ungewiß. Der Staub,
der Qualm, das Schilf neigt sich,
du sprichst, reicht weit bis in den
brennenden April, ich sehe nichts.

Caniço

Caniço também paira sobre o campo,
suspenso, em silêncio. Caniço paira,
nada ouço, na luz, você vê
ainda cálamos e os trançados
da mão esquerda, trajes. No caniço,
as perguntas persistem, as nuvens
lá em cima, o rosto, o hálito
se embaraça na fala. Mas o estado
dos caniços, o estado de suas
tramas, permanece incerto. O pó,
a fumaça, o caniço se inclina,
você fala, se estende pra longe até
um abril em chamas, não vejo nada.

Olympia, Spätfilm

Zu spät, zu spät, an Wänden, allein,
die Leuchtschrift, der Spätfilm, der
Klappsitz, zu spät. Im Schlaf sprichst
du, ich atme nicht, in Messersprache,
dein Gesicht, zu spät, das geht verloren,
kommt nicht mehr hervor. Allein das
Moos, die Asseln, der Gardinenschein,
zu spät, du hast das nicht vergessen,
aber ich. Das Kraut fällt in den Schatten,
feucht, du sprich. Zu spät, sagte ich.

Olympia, última sessão

Tarde, tarde demais, nas paredes, solitárias
as letras em neon, a última sessão, o
assento retrátil, tarde demais. Você
fala dormindo, eu não respiro, no idioma
das facas, o teu rosto, tarde demais,
está perdido, não vem à tona. O musgo,
os isópodes, a ilusão das cortinas,
tarde demais, isso você não esqueceu, mas
eu sim. A erva cai nas sombras, úmida,
você fala. Tarde demais, disse eu.

Kitt

Ich atme Spiritus, ich atme Chlor, ich atme
Wand- und Dielenfäule in der Kammer,
ich atme Feuerholz, obwohl es keinen Ofen

gibt, ich will nur rasch zusammenkehren. Ich
bin die Handorgelbegleitung, ich klemme
irgendwo in einem Volkslied fest, Gerbsäure

atme ich und Schwamm und Leder, ich höre,
etwas atmet mit. Ich atme aus dem Fenster,
in die Luft, ich atme schnell, ich pfeife nicht,

aber die Amsel hat mich längst erblickt. Gleich
öffnet sie den Schnabel, nimmt mich in
ihr Ritornell, wer atmet dann noch Stroh und

Styropor und Trachtenjacke, und wer atmet Sprit.

Betume

Respiro álcool, respiro cloro, respiro
a podridão do assoalho e da parede no porão,
respiro lenha, mesmo não havendo forno,

eu quero apenas varrer veloz. Acompanho
o acordeão, sigo entalado em algum
ponto de uma canção popular, respiro

ácido tânico, espuma e couro, escuto,
algo respira comigo. Respiro pela janela,
para o ar, respiro rápido, não assobio,

mas a graúna já me notou faz tempo. Logo
abre o seu bico, me leva no seu ritornelo,
quem respira ainda palha, isopor e

bombacha, e quem respira combustível.

Behandeltes Holz

Holz kommt zum Vorschein nur, wenn es behandelt
ist, der schwere Ton, die falsche Maserung,
Novemberregen, und ich, als Pelzfigur im

Küchenarrangement, ein bißchen pummelig, dabei,
mir das sowjetische Apartment einzuprägen,
Wandschrank für Gästegarderobe, Wandschrank

für alte Zeitung, beide dunkelbraun, der Vorhang
zugezogen Tag und Nacht, ist es der Lack, die
Beize, ist das anderes Plastik hier, als Revalraucher

ich, als Rumbaveteran, da steht dein Aschenbecher,
da deine Kamaschüssel, da dein Wasserglas, alles
Kunstfaserfragen, Holz bleibt so lange unsichtbar.

Questão de fibras

Madeira só salta à vista quando é trabalhada,
o tom pesado, os veios falsos.
Chuva de novembro, e eu, personagem de peles

na composição da cozinha, um tanto roliço,
memorizando o apartamento soviético,
armário embutido para roupas de hóspedes,

armário para jornais velhos, ambos castanho
escuro, a cortina fechada dia e noite, é o esmalte, o verniz,
isso aqui é outro tipo de plástico, eu como fumante

de Reval, veterano de Rumba, aí está teu cinzeiro,
aí tua tigela de Kama, aí teu copo d'água, tudo questão
de fibras falsas, a madeira segue até então invisível.

Stiche

I

Das also ist mein Kopf, von vorne,
von der Seite, unterm Kinn genäht,
so eine Narbe, wie sie jeder hat,
ich weiß nicht mal, wie viele Stiche,

genäht oder geklammert, ich am Hang
auf meinem Schlitten – schon zu spät,
heute im Badezimmerspiegel nur

mein übliches Hotelgesicht – die
Stoppeln werden dunkler je nach
Licht, ich zeichne mir Gedankenstriche.

Pontadas

I

Esta é a minha cabeça, de frente,
de perfil, costurada sob o queixo,
aquela cicatriz como todo mundo
tem, já não sei contar os pontos,

costurados ou grampeados, eu
na ladeira com o trenó – então tarde
demais, hoje no espelho do banheiro

só meu corriqueiro rosto de hotel – os
restolhos, mais escuros de acordo
com a luz, traçando pontos de reflexão.

II

Ich weiß nicht, komme ich nach den
Verwandten, was die Handarbeit angeht,
einfacher Gobelinstich, halber Kreuzstich,
Unterfang- auf Ziegenleder,

ich zähle ja, Onkel und Tanten, rechne
ja, wie man die Muster zählt,
das eine Wort aufs rechte und das andere
aufs linke Band, ein Knie, ein Hosenträger,

oder ein Schuh, besticktes Vorderblatt
und Seitenteil, die Männertracht
auf Fichtenimitat gespannt, der Stoff
ein wenig unsauber gerissen,

die Heftzwecken glänzen im Gegenlicht,
ich habe mich vertan, vergriffen,
Rosenmotive sind nicht meine

Stärke, alle Finger überwach
und in der Wolle, im Stramin, doch nichts
geschah. Da habe ich den Faden zerbissen.

II

Não sei se puxei meus parentes,
no tocante ao trabalho manual,
pontos gobelin, simples, meio-ponto-
cruz, ousadia em couro caprino,

sim eu conto, tios e tias, calculo,
sim, como se contam estampas,
esta palavra na fita direita e esta outra
na esquerda, um joelho, um suspensório,

ou um sapato, bordado na gáspea
e na lateral, vestes masculinas
estendidas sobre imitações de abeto,
o tecido um pouco sujo, puído,

os percevejos brilham na contraluz,
me enganei, me equivoquei,
motivos com rosas não são meu

forte, todos os dedos vigiados e
dentro da lã, da talagarça, mas nada
ocorreu. Ali cortei a linha com os dentes.

III

Den Faden heißt es, Verse, dies mein
Kopf. Im Januar ist es das Hemd,
im Februar sind es die Füße. Wien
in der Kälte, Bodennähe,

Tallinn mit dem Geruch nach Holz
in der Erinnerung. Vernäht, geklemmt,
verdammte Füße, wenn ich – Taxistelle –
vor der Puschkinvilla stehe.

III

A linha quer dizer, versos, esta minha
cabeça. Em janeiro é a camisa,
em fevereiro são os pés. Viena
no frio, ao rés do chão,

Tallinn com o cheiro de madeira
na lembrança. Cosido, grampeado,
malditos pés, quando espero – ponto de táxi –
em frente ao palacete Puchkin.

Ostpreußenmuster

I

Ein wenig belichtete Nougatromantik am Gruppentisch,
wenn du die Folie öffnest und schon Butterspuren
an der Oberfläche siehst. Wärmeeinfluß bedeutet nichts,

hast du gehört, und trotzdem streichst du erst die Bilder
mit dem Daumennagel glatt, bevor du ißt: der Fuchs
im Schnee zwischen den Zweigen, das Eichhörnchen im

Haselstrauch, die Bärenmutter mit drei Jungen am gefällten
Baum, man sieht sogar die Rinde, Moos. Die Rückseite
eine kyrillische Legende. Hier könnten Damen sitzen und

an ihren Ärmeln nesteln, Blumen legen, hier könnten sie
Klunker und Schokoladenwaren befühlen, mit
feuchten Lippen und dem Nachhall früher Verse, so allein

im Kopf, sind von allein im Kopf, auch wenn die Hörgeräte
ausgeschaltet bleiben. Die Hörgeräte. Blusen- und
Balladenwesen. Hier gäbe es den einen oder andern

Kurlandgreis in Sonntagsschuhen zu betrachten, wenn es
denn Damen gäbe, Herbstgesang zwischen den Ohren.

Padrão da Alemanha Oriental

I

Romantismo Nougat mal iluminado à mesa de família,
quando puxa a lâmina e na superfície avista rastros
de manteiga. Influência de calor, você ouviu, não quer

dizer nada, e mesmo assim, antes de comer, você alisa
primeiro as imagens com a unha polegar: a raposa
na neve entre os galhos, o esquilo no arbusto de avelã,

a mãe ursa com três filhotes junto à árvore caída,
vê-se até detalhes do súber, musgo. No avesso
uma legenda em cirílico. Aqui poderiam estar damas

sentadas, escarafunchando em suas mangas, deixando
flores, aqui poderiam tatear joias e chocolates, com
lábios úmidos e, de forma tão solitária, o eco de versos

antigos, surgem na cabeça do nada, até se os aparelhos
de surdez seguem desligados. Os aparelhos. Criaturas
de blusa e baladas. Aqui haveria um ou outro velho

curlandês à vista, com seus sapatos de domingo, caso
houvesse damas, canção de outono entre as orelhas.

II

Ich muß noch eine Pille nehmen, wenn ich
dir eine Ansichtskarte schreiben will. Beim
Frühstück sitze ich immer am selben Tisch,
der Kaffee ist zwei Tage alt, die Männer

haben keine Haare. Ich war am Strand. Den
Nachmittag ging es mir wieder mild. Wenn ich
allein bin, lese ich Agnes Miegel, und
manchmal betastet jemand meine Füße,

nachts, das bin ich selbst. Ich wache auf. Ich geh
zum Bad. Ich mache mir kein Licht. Ansonsten
ist es still. Eigentlich hätte ich auch Zeit
zum Knipsen. Nun ist kaum Platz für das Motiv

geblieben, Fichten, Birken im Sumpf, ein Wald
von russischem Charakter, wie du siehst. Die
Hand verzittert mir, ich muß ins Bett. Verzeih
die bäuerliche Schrift, die Wasserflecken.

II

Ainda preciso tomar uma pílula,
se quero te escrever um postal. No café-
da-manhã me sento à mesa de sempre,
o café foi passado há dois dias, os homens

não têm cabelo. Eu estive na praia. A
tarde passou amena de novo. Se estou
sozinho, leio Agnes Miegel,
e às vezes alguém vem tatear meus pés,

à noite, este sou eu mesmo. Acordo. Vou
ao banheiro. Não acendo a luz. De resto,
silêncio. Na verdade, até teria tempo para
uma foto. Mas agora não sobrou espaço

pra imagem, abetos, bétulas no pântano,
um bosque de caráter russo, como você vê.
Minha mão treme, preciso ir pra cama.
Perdoe-me a escrita campeira, as manchas d'água.

III

Gedichte, Damenstrümpfe, zweite Wahl. Wenn du
das Stanniolpapier, wenn du ein butterweiches
Silbenende, wenn du Lametta und das nachgetönte

Haar: Hier gibts beim Treibertreffen keine Veteranenpolka,
Fliederzeilen, Stutenmilch, und kein Gelle Royal.
Höchstens, daß dir die alte Nehrungsanekdote aus

dem Sommerlager unterkommt, ein Tierfilmkommentar
von Ende Einunddreißig, Frau und Mann: DAS ELCH
als eine Mischung aus Rind, Pferd, Hirsch, Kamel und

Büffel, sehr langbeinig in eigenartiger Umgebung. Da ist
was schiefgelaufen, IN MEINER JUGEND, SAGEN WIR NOCH
VOR FÜNFZEHN JAHREN, HÄTTE ICH MIR EIN SOLCHES

THEMA NICHT AUSGESUCHT. Wenn du den echten Bernstein
willst und Nougatfinger, wenn du mit Eintänzern und
Reimgirlanden rechnest, mit Ordensbildern in schwarzweiß,

Hautfaltenkunst vor hellem Hintergrund, mit Sprachfehlern
und Junkerschweiß, bist du hier falsch. Vielleicht in
Pirmasens, in Plön, in Bad Pyrmont. Nein, Weichselkirschen

mußt du wohl vergessen, statt dessen wird der Speisesaal zum
Abend abgedunkelt, daß man besser Blicke wechseln kann.

III

Poemas, meias-calças, escolha secundária. Se você
o papel-estanho, se você o fim de uma sílaba
suave como manteiga, se você fios de prata e cabelo

tingido: aqui no encontro de vaqueiros não há polcas
de veteranos, fitas lilases, leite de égua, e geléia Royal.
No máximo, que você se lembre de velhas anedotas

da colônia de verão, aquele comentário sobre o filme
de animais no fim de trinta e um, mulher e homem:
O ALCE, mescla de boi, cavalo, veado, camelo e búfalo,

as pernas muito longas numa região peculiar. É isto
o que deu errado, EM MINHA JUVENTUDE, DIGAMOS,
HÁ QUINZE ANOS, EU NÃO TERIA ESCOLHIDO

UM TEMA DESTES. Se você deseja o verdadeiro âmbar
e dedos de nougat, se você espera por dançarinos de aluguel
e guirlandas de rimas, com imagens de ordens em preto

e branco, arte de pele enrugada com fundo claro, com
falhas de linguagem e solda Junker, está no lugar errado.
Talvez em Pirmasens, em Plön, em Bad Pyrmont. Não,

já pode ir esquecendo as ginjas, em vez disso a luz da
sala de jantar escurece, para facilitar a troca de olhares.

IV

Das Bild hängt mittig, die Wanderdüne mit
den braunen Ecken, Dörfer sieht man nicht. Fein,
abgestaubt, hab Dank dafür. Ich gehe in
die Breite, bin bei achtzig Zigaretten

und über Tag meist stumpf, drücke mir nur am
Abend ein paar Videos in den Schacht. Was du
da sagst, verwundert mich. Vielleicht erinnerst
du dich an den Lederstiefel, frisch geputzt,

wie er im Sand steckt, und darin ein Fuß. Such
dir ein Managergesicht, und hüte dich
vor denen, die mit Vollbart sprechen. Vorsicht
beim Pfötchengeben. Vorsicht mit Tabletten.

IV

A imagem paira no centro, dunas migratórias
com cantos castanhos, aldeões não se veem. Fino,
desempoeirado, agradeço por isso. Eu só cresço
para os lados, sigo fumando meus oitenta cigarros

e de dia me sinto quase sempre embotado,
à noite meto algumas fitas no vídeo. O que você
diz me espanta. Talvez se lembre das botas
de couro, recém-engraxadas, como estavam

enfiadas na areia, dentro delas um pé. Encontre
pra você um rosto de gerente, e se proteja
daqueles que falam com uma barba farta.
Cuidado ao dar a pata. Cuidado com comprimidos.

V

So dunkel ist das nicht, ich muß nur länger gucken, weil
ich ein Westkind bin, weil ich von Pferden nichts
verstehe und kein Russisch kann. Doch wenn: Vielleicht

gäbe es ein paar Stellen, die mich an mehr erinnern, als ich will, das
LINDENBLOND, eine gewisse LERCHENFRÖHLICHKEIT,
die Lendenschnitte. Bitte nicht hier. Bitte nicht so. Und

bitte nicht so laut. Das schwache Licht, man hat sein
Gegenüber kaum vor Augen, die Paare sitzen Stirn
an Stirn, geflüstert wird hier nicht, hier wird auch nicht

gesungen, Linsengerichte und Eierspeisen aus einer Legebatterie
bei Tannenberg, dazu das Daumen-, Zeigefingerkino
unterm Tisch. Erst Wintersteife, später Frühjahrsklang,

die JUNGEN TÖCHTER zucken mit den Knien, SCHLACKERSCHNEE,
die Wimpern sieht man nicht, ein Mann im Zweireiher
macht den GELBEN TATAR, dann eine Sommerlaune, schließlich

Herbstgesang. Und ich, verschleppte Grippe, stelle noch scharf,
schobernde Fohlen, Stuten, Schattenrisse, Angst
vor dem Lampenschirm, dem Teller, vor einem versteckten

Tischtelefon und dieser -decke, ich habe das Gefühl, sie troddelt
schon am Oberschenkel, ich spüre meine Handwurzel so
überdeutlich auf dem roten Leinen. Nur etwas Bübchenöl, nur

eine Reihe Sammelbilder, nichts. Und falls ich angesprochen
werde? Gestammel, bin gar keiner, aus Litauen, echt.

V

Tão escuro assim não está, só preciso olhar por mais tempo,
porque sou um rapaz do ocidente, porque de cavalos não
entendo nada e russo não falo. Mas e se: aqui houvesse

alguns pontos que me lembrassem mais do que quero,
o LOIRO DAS TÍLIAS, uma certa ALEGRIA DE COTOVIA,
os cortes lombares. Aqui não, por favor. Assim não, por favor.

E por favor sem barulho. A luz fraca, quase não vemos
a pessoa à nossa frente, os casais sentados cabeça a
cabeça, aqui não sussurram, tampouco cantam. Pratos

de lentilhas e ovos de uma chocadeira em Tannenberg,
somado a isso tudo, o cinema de polegar e indicador
embaixo da mesa. Primeiro a rigidez de inverno, depois

o som de primavera, as FILHAS JOVENS se contraem nos
joelhos, LAMA DE NEVE, sem sinais de cílios, um homem
de trespassado prepara o TATAR AMARELO, então

um humor de verão, por fim canção de outono. E eu,
gripe arrastada, ajusto o foco, POTROS DE CELEIRO,
éguas, rasgos de sombra, medo da tela de abajur, do prato,

de um aparo de telefone escondido e deste tampo, tenho
a sensação que ela já trota sobre a coxa, sinto meu carpo
de forma tão flagrante sobre o linho vermelho. Só um pouco

de óleo de bebê, só uma série de estampas, nada. E caso falem
comigo? Balbucios, não sou ninguém, da Lituânia, sério.

VI

Sekt, trockne Haut, Natur. Touristenbeine.
Ich habe alles eingekringelt, was du
mit bloßem Auge auf der Karte sicher
nicht erkennen kannst. Die einen machen es

im Stehen, die andern hocken sich hin, so
daß die frische Erde dich beinah berührt.
Kein Laut. Rote Flecken auf den Wangen. Was
bleibt sind Taschentücher, weiße Stellen im

Gelände, Softpapier. Verrottet langsam,
die Leute kennen sich schon längst nicht mehr. Den
Dosenöffner habe ich gefunden. Du
siehst, das ist mein Leben hier, ich bin rasiert.

VI

Espumante, pele seca, natureza. Pernas
de turistas. Fiz um círculo em tudo o que você
certamente não pode reconhecer a olho nu
no mapa. Alguns fazem de pé, outros

se agacham tanto, que a terra fresca quase
te toca. Som algum. Manchas vermelhas
nas bochechas. O que sobra são lenços
de papel, pontos brancos nos terrenos,

papel suave. Apodrecendo lentas,
as pessoas já não se reconhecem mais.
Encontrei o abridor de latas. Você vê,
está é a minha vida aqui, estou barbeado.

VII

Hier kreuzt das Königsbergmodell vor selbstgemachten
Falklandinseln, wir sehen ein Stück Holz im
Blechnapf, rundum feldgrüne Fetzen übern Rand

gehängt, kunstvoll zurechtgerissen. Roh liegt das Trumm
im Wasser, geschnitzte Einzelheiten fallen
flach, Waffen sind abgegeben, Pinsel gibt es nicht. Hat

man sich erst einmal ein bißchen Dunkelheit, ein bißchen
Nebel, Rauch dazu gedacht, wirkt die ganze Sache
täuschend echt. Die See ist ruhig. Darüber Sonne. Heiß.

Es stinkt. Fast wie im Sommerlager. Dicht geschlossene
Reihen. Augenaufschlag. Keiner wagt zu atmen.
Die Mitte wird beherrscht von einer Frau im knöchellangen

Kleid, Ostpreußenmuster, Trauerstreifen, verschliffene
Konsonanten, nicht mehr ganz frisch, nicht
mehr ganz reimfest, dafür mit Originalakzent und Kenntnis

der Geschichte wie kein zweiter. Sie hält die Fäden in
der Hand, sie ist uns Kapitän und Navigator,
Smutje, Logbuchführerin. Sie kann erzählen. Jeder hier

hat den Schlachthergang lebhaft vor Augen, wir schreiben
den zwölften Zwölften Neunzehnvierzehn, die Lage
schlecht, die Emden und die Karlsruhe anscheinend schon

gesunken, der Feind, hier nicht im Bild, ist nah, jetzt gehts
uns an den Kragen. Stummfilmkulisse. Kräuseln.
Gischt. Gemurmel in der Funkertruppe, alles wartet wie

VII

Aqui a maquete de Königsberg cruza diante das ilhas
Falkland de fabricação própria, vemos um pedaço
de madeira em uma tigela de lata, ao redor nacos

verde-campo, arrancados com perícia, pendem das
beiradas. Oco o tronco boia sobre a água, detalhes
entalhados somem, armas são entregues, não há pincel.

Caso se adicione um pouco de escuridão, um pouco
de neblina e de fumaça, então a coisa toda parece
ilusoriamente real. O lago está calmo. Sobre ele o sol.

Calor. Fede. Quase como na colônia de verão. Fileiras
apertadas. Bater de pálpebras. Ninguém se atreve a respirar.
O centro é dominado por uma mulher de vestido

até os tornozelos, padrão leste-prussiano, fitas de luto,
consoantes polidas, já não tão frescas como antes,
não tão antirimas, no entanto com sotaque original e

conhecimento histórico como nenhum outro. Ela mantém
as cordas na mão, ela é nossa capitã e navegadora,
cozinheira e redatora do diário de bordo. Ela sabe narrar.

Todos aqui com o vívido desenrolar da batalha diante
dos olhos. Estamos no dia doze do doze de mil novecentos
e quatorze, a situação é péssima, Emden e Karlsruhe

parecem já ter afundado, o inimigo, fora da imagem, está
próximo, nos puseram agora contra a parede. Cenário
de filme mudo. Encrespação. Espuma. Murmúrio na tropa

gebannt. Da zuckt etwas, da braut sich was zusammen, da
zieht, ich glaub ich seh nicht recht, unsere
Hindenburgvertraute mir nichts dir nichts an der Leine und

holt den Kreuzer unversehrt zwischen den gegnerischen
Schiffen weg. Haushohe Wellen. Brandender
Applaus. Ein Schicksalswink. Die Wende. Eine Gnade. Mit

einem Schlag zeigt sich unser Jahrhundert in völlig anderem
Licht, die Funkertruppe tobt, die sind schon fast am
Salutieren, wenn der Großadmiral nur einmal dieses Schauspiel

miterleben könnte, ihm würde warm ums Bernsteinherz,
die Düsternis wäre vergessen. Da kommen dir
unweigerlich die alten Lieder, die Weltmeere, die U-Boote

und Madagaskar in die Kehle, draußen die Wache wird
nervös, wir schalten sofort um auf Kuschelrock,
auf unsere Hafenbraut. So geht es jeden Sonntagnachmittag,

dieselbe animierte Frontbelustigungsballade. Norddeutsche
Nachkriegsebene mit Klabauterfrau. Englisch wird
bald gesprochen. Staub in der Nase. Stacheldrahtverhau.

de rádio, tudo espera atônito. Algo ali se contrai, algo
fermenta, repuxa, acho não estar vendo direito, nossos
conhecidos de Hindenburg sem mais nem menos na coleira

e levando o cruzador intacto até os navios inimigos. Ondas
altas como prédios. Aplausos tempestuosos. Um aceno do
destino. A virada. Misericórdia. De um golpe, o nosso século

se mostra sob uma luz completamente diferente, a tropa
de rádio esbraveja, já estão quase batendo continência.
Se o Grande Almirante pudesse ao menos vivenciar esse

teatro, seu coração de âmbar se aqueceria e a escuridão
seria esquecida. Velhas canções, mares mundiais, sub-
marinos e Madagascar te tomam então a garganta, lá fora

a guarda se inquieta, mudamos de estação para um rock
melódico, para nossa noiva portuária. E assim passa cada
tarde de domingo, a mesma animada balada de diversão

no fronte. Dimensões de pós-guerra da Alemanha
do Norte com mulher Klabauter. Logo vão
falar inglês. Poeira no nariz. Cerco de arame farpado.

VIII

Neulich fand ich: Krimkatze, rötlich, sehr süß,
in gute Hände abzugeben. Soweit
ich Kleinanzeigen überhaupt entziffern
kann. Liest du noch immer diese Verse aus

dem Frontbordell, Landnahme, Sacknahtzauber
für den Heimatabend, SIE STRÖMTEN IN DICH
HINEIN WIE DER SAMEN DES MANNES IN DEN
SCHOSS DER FRAU, in etwa das Kaliber? Kann

sein, meine weitere Verwandtschaft hat sich
damit die laschen Sonntage vertrieben.
Gewissensbisse, Hochgesang, mit solchen
Liedern ging man in die Büsche, plötzlich still.

VIII

Dias atrás encontrei: gato da Criméia, carmesim,
muito fofo. Entregar em boas mãos. Até que ponto
eu possa decifrar anúncios classificados. Se você
ainda lê esses versos do bordel no fronte, tomada

de países, magia de rafe escrotal para a noite
da pátria, ELES JORRARAM DENTRO
DE VOCÊ COMO O SEMEN DO HOMEM
NO COLO DA MULHER, nesse calibre?

Pode ser, meus outros parentes passaram
assim seus domingos flácidos. Mordidos
de culpa, hino de louvor, com tais canções
íamos pra moita, de repente calma.

IX

Und du sitzt auch dabei. Ich sitze. Beide
paniert. Kaliningrader Zungenleiden,
kein Platz für das Motiv, ich darf nicht knipsen.
Du kommst mit Gulasch in Büchsen. Dann passierts.

IX

E você continua aí sentado. Estou sentado. Ambos
derrotados. Na língua a mágoa de Kaliningrado,
espaço algum pra imagem, fotografar não posso.
Você chega com gulache enlatado. Então ocorre.

Narva, taghell

Die Sprachen sind mir fremd, als würde
ich Pantoffeln tragen: aber ich

bin da. Kunstfaser, Pelzbesatz und
Einlegsohlen: alle Dinge sind mir nah.

Narva, claro como o dia

Eu estranho os idiomas, como se
andasse de pantufas: mas estou

ali. Fibra sintética, debrum de pele e
palmilhas de sapato: todas as coisas, próximas.

Namen

Doch nichts von diesen Dingen, die im
Dämmer liegen: ein Toastbrot,
ein Notizbuch, eine Nacht heißt es

besprechen. Die Luft geht fremd und
schwer dir in den Rachen, du
bist vom Wetter, bist nur Lastenmann.

Nomes

Mas nenhuma destas coisas, que
jazem no crepúsculo: uma torrada,
um caderno de notas, uma noite quer

dizer conversa. O ar entra pesado e
alheio na sua garganta, você
é do clima, é apenas homem de cargas.

Fünf Zeilen

I

Reste von Autoreifen, Decken, Mäntel,
abgefahrene Zungen auf der
Standspur. Matsch und Schnee knietief

um die Planken, kaum ein Geräusch, ich
kann mich an nichts erinnern.

Cinco linhas

I

Restos de pneu de carro, forros, mantos,
línguas largadas na faixa
de emergência. Lama e neve até os joelhos

em torno dos railes, quase nenhum ruído, eu
não consigo me lembrar de nada.

II

Autoreifen markieren die Grenze, der leere
Parkplatz am Schmugglerlokal, Torfsäcke,
Blumen vom Baumarkt, Geländeprofil, dahinter

spricht man nicht so wie hier. Schlaflosigkeit
und Gardinenlicht, nachts wird die Luft rasiert.

II

Pneus de carro demarcam a fronteira, o estacionamento
vazio na espelunca local, sacos de turfa,
flores do mercado de construção, sulcos off-road,

do outro lado não se fala como aqui. Falta de sono
e luz de cortinas, à noite raspa-se o ar.

III

Autoreifen in der Holunderschlucht, noch
Weißes, hinterm Forellenteich. Am Ufer
tschechische Präser, Blickwechsel, bleib

mir bloß mit der Miekätzchensprache vom
Leib. Landstraßeneinblick, Bikinibereich.

III

Pneus de carro no barranco de sabugos, brancos
ainda, atrás do tanque de trutas. Na margem,
camisa-de-vênus tcheca, troca de olhares, fique

longe de mim com a língua bacharelada.
Vista de estrada rural, zona de biquinis.

IV

Halbe Autoreifen zwischen Rabatten und
Kies, die Leuchtfarbe blättert, weiter
nichts Helles. Dann Richtung Hafen ein

paar Figuren in Anoraks, Dosenbier, Loksa,
November, man geht in die Disco um sechs.

IV

Metades de pneus de carro entre alegretes e cascalho,
a tinta florescente descasca, mais adiante
nada claro. Então sentido porto algumas

figuras em anoraques, lata de cerveja, Loksa,
novembro, pra discoteca se vai às seis.

V

Ein ganzer Satz, vier Sommerreifen, als hätte
jemand sie verloren. Am Rand der Böschung
Schafgarbe und Löwenzahn, wilder Rhabarber,

im Gras zwei helle Streifen. Sie geht mit nackten
Füßen in Sandalen, ich geh im Hemd, ich bin
ein Junge. Brüchiges Gummi, fremde Schrift

und eine Nummernfolge mit den Fingern, mit
heißen Ohren vor wievielen Jahren. Ein ganzer
Satz, der Lehm knirscht zwischen meinen

Zähnen, Continental vielleicht, das gute Jahr,
mir liegt der Name auf der Zunge.

V

Uma frase inteira, quatro pneus de verão,
como se alguém os tivesse perdido. Na beirada
da escarpa mil-folhas, dente-de-leão, ruibarbo

silvestre, no capim dois traços claros. Ela vai
com os pés à mostra, de sandálias, eu vou de camisa,
sou um garoto. Borracha frágil, escrita estrangeira

e uma série de números com os dedos, há
quantos anos com orelhas quentes. Uma frase
inteira, a argila range entre os meus

dentes, continental talvez, o bom ano,
o nome está na ponta da língua.

VI

Autoreifen unter den Birken wie gemalt, die
Birken wie gemalt, die Abflußrohre weiß
bemalt mit schwarzen Flecken. Vom Waschraum

durch die Wand in unsere Heimatecke, Kalkweiß,
Quark. Wir heizen, heizen Autoreifen.

VI

Pneus de carro embaixo das bétulas, como pintura, as
bétulas como pintura, os canos de esgoto
pintados de branco com manchas pretas. Do lavabo

pela parede até nosso recanto natal, branco-calcário,
coalhada. Nós aquecemos, aquecemos com pneus.

VII

Bis du irgendwann Autoreifen siehst und
dich erinnerst: hinter dem Russenfriedhof
lagen welche im Versteck. Die Uniformjacke,

das Rippenhemd, Rekrutenleben. Oder sie
lehnten an den Steinen, Abteilung Einundvierzig
Fünfundvierzig gammelt vor sich hin. Da

gab es Fichtenlager. Herrensocken. Rinde.
Zigarettenzeichen. Heute sind sie weg.

VII

Até que em algum momento você vê pneus
de carro e se lembra: atrás do cemitério russo
havia alguns no esconderijo. A jaqueta do uniforme,

a camisa listrada, vida de recruta. Ou estavam
apoiados nas pedras, repartição quarenta e um
quarenta e cinco definhando sozinhos. Ali havia

provisão de abetos. Meias de senhores. Cascas
de árvore. Sinais de cigarro. Hoje sumiram todos.

VIII

Reifenspuren im Wald, wo sich der Regen
sammelt: da habe ich hingezeigt, ohne
etwas zu sagen, da ist mir der Pelz in

den Sinn gekommen, die Einheitsjacke, das
Himbeerlicht und ein schlechtes Gebiß.

VIII

Rastros de pneu na mata, onde se acumula
a chuva: ali pra onde aponto, sem dizer nada,
ali me recordei do couro, da jaqueta

do uniforme, da luz das framboesas
e de uma dentição de má qualidade.

IX

Pneu, das geht in den Mund, in
die Nase. Noch drehe ich am
Ventil, atme ein, mir verrutschen

die Finger. Was hängt da, was
pfeift, kein Stich, keine Steine.

IX

Pneu, entra na boca, nas
narinas. Eu ainda giro a válvula
de escape, inspiro, meus dedos

escorregam. O que está preso ali,
o que chia, furo algum, pedra alguma.

Der westdeutsche Tierfilm

I

Der ist an niemandem spurlos
vorbeigegangen, kann sein,
ich habe auch einmal VÖGEL IN
HAFF UND WIESEN angeschaut,

die Stimme aus dem Off klingt
nah. Schlaflosigkeit. Die
Ärztin sagt: der Junge soll
Sachbücher lesen, bloß nichts

Dramatisches, Geschichten über
Pflanzen, Pferde, Hunde. Ich
bin zehn. Ich lasse Vogelfutter
keimen auf der Fensterbank, die

Blumenerde, faules Wasser, Kalk
und Schleim. Ich schlafe nicht.
Ich sitze da: westdeutscher
Tierfilm, Frühzeit, Kinderstunde.

Filme de animais da Alemanha Ocidental

I

Por ninguém ele passou
sem ser notado, pode ser,
eu também já assisti a AVES
EM PRADOS E LAGUNAS,

a voz em off soa próxima.
Falta de sono. A médica
diz: o rapaz precisa ler
livros técnicos, nada

dramático, histórias de
plantas, cavalos, cães.
Tenho dez anos. Deixo
alpiste germinar à janela,

adubo pra flores, água
podre, cal e muco. Não durmo,
fico ali sentado: filme de
animais, de manhã, hora infantil.

II

Mit offenem Hemd, die Hände in
den Taschen, die Hosenbeine
umgeschlagen und Sandalen: wie
Sielmann hänge ich am Zaun

und höre Joseph zu, wenn er
das Birkhuhn lockt. Der
Halm, die Trichterhand, Joseph,
der uns die Moorkuh aus

dem Schwemmland holt, Emser
Pastillen, Röhrichtkolonien,
unsere frühen Kamera-
und Kameradenbilder. Joseph,

der pfeift und keckert, wenn es
über wankenden Boden geht,
der Bursche, die Natur. Joseph,
der eine Sprache baut, wenn

wir im Schilficht lauschen, was
ist ihm von der Krim geblieben,
am Flaschenhals da, ganz im
Norden, daß die Rede stockt.

II

Com camisa aberta, as mãos
nos bolsos, a barra da caça
dobrada e sandálias: como
Sielmann me penduro na cerca

e escuto Joseph, atraindo a
galocha preta. O cálamo, a mão
de funil, Joseph trazendo
do aluvial até nós um abetouro,

pastilhas pra tosse, colônias
de juncos, imagens antigas
de nossas câmeras e camaradas.
Joseph, que assobia e cacareja,

ao caminhar sobre um chão
movediço, o rapaz, a natureza.
Joseph, construindo um
idioma enquanto espiamos

no cipoal de caniços, o
que lhe restou da Crimeia,
ali no gargalo da garganta,
ao norte, estacando a fala.

III

Der Wolf des Wolfes, Mensch und
Gänseklein: wer hätte Lorenz
nicht auf seinem Wasserschloß
besucht, wie Joseph mal von

Sielmann mitgenommen wurde, kurz
vor dem Schädelglühen. Wer
hätte seine Hundestories nicht
verschlungen, jene berühmte

Sodomiepassage, Herr und Hund: da
klemmt das Lesezeichen heute
noch. Kann sein, Lorenz hat
ihnen Erbgeschichten aufgetischt,

kann sein, er hat erzählt, wie
MEINE HÜNDIN STASI wildern
ging, mitten in Königsberg
häßliche Szenen voller Hühnerblut

und Ei, man soll ja nicht von
Russenbildern sprechen, Anastasia.
Das Stadt- und Knochenglühen,
mußte dann ins Heim, bis ich

nach Posen kam. WAR DAMALS NERVENARZT,
RESERVELAZARETT, für sie muß
ich EIN WAHRER ÜBERWOLF
gewesen sein. Ein wenig Fett, ein

III

O lobo dos lobos, gente e miúdos
de ganso: quem não teria visitado
Lorenz em seu castelo d'água,
como Joseph, levado por

Sielmann, pouco antes do arder
do crânio. Quem não engoliria
suas histórias caninas, aquela
famosa passagem sodomita,

homem e cachorro: ainda hoje
ali grudado o marcador de página.
Pode ser, que Lorenz lhe tenha
revelado histórias hereditárias,

pode ser, que tenha contado, como
MINHA CADELA STASI foi à caça,
no centro de Königsberg, cenas
cheias de sangue e ovos de

galinha, pois, não devemos falar
de imagens russas, Anastasia.
O arder da cidade e dos ossos,
fui hospitalizado, até chegar

a Poznań. FUI ALIENISTA,
LEPROSÁRIO, para eles devo
ter sido um VERDADEIRO SOBRE-LOBO.
Um pouco de gordura, um pouco

wenig Fell, Stasierinnerung: mehr
blieb mir nicht vom treuesten
der Tiere, einem der letzten
Bombenopfer in Schönbrunn.

de pelagem, lembrança de Stasi:
mais não me resta dos mais fiéis
dos animais, de uma das últimas
vítimas do bombardeio em Schönbrunn.

IV

Wie Sielmann hänge ich an
Josephs dünnen Lippen,
wenn er an seine Jugendzeit
in Posen denkt, an seinen

illegalen Spitz, handscheu
und halb verhungert auf
der Stube, Joseph im
Wechselhemd, die frische

Milch, der Käse und der
Quark, so sitzen wir
bis in die Nacht und rauchen
wie die Irren. Joseph als

Beuteltyp mit Augenrändern,
er zeichnet uns die
Szenerie mit kargen
Strichen, STASI UND LUMPI

BESUCHEN UNSERE OSTGEBIETE,
Krimgeister, Nachklapp,
Veteranenschäden, das gibt
beinahe einen Trickfilm ab.

IV

Como Sielmann, estou pendurado
nos lábios finos de Joseph,
quando ele pensa na juventude
em Poznań, em seu Spitz

ilegal, acuado de tanta surra
e quase morto de fome ali
no quarto, Joseph em mangas
de camisa, o leite fresco,

o queijo e a coalhada,
assim ficamos sentados noite
adentro, fumando feito loucos.
Joseph, sujeito de sacolas

com olheiras, com traços
sóbrios nos esboça o cenário,
STASI E O CÃO LUMPI
VISITAM NOSSA REGIÃO

LESTE, fantasmas da Crimeia,
suplemento, crânios de veteranos
de guerra, isso quase
dá um desenho animado.

V

Milch, Käse, Quark: geschenkt.
Im Grunde sind wir alle auf
der Krim gewesen, wir haben
unser halbes Leben dort

verbracht in Eis und Schnee,
bis die Tataren kamen. Die
Fliegerkappe weg, das Haar
versengt, der blanke Schädel

und ein Wrack. So haben wir
doch alle angefangen: acht
Tage Wärmezelt bei strenger
Rippenpflege. Ganz ohne

Stimme und der Atem flach, nicht
einmal unsre eigenen Gedichte
konnten wir aufsagen, keine
OSTARA WANDELT ÜBER ALLEN

SCHATTEN, kein Name, ehe nicht
der Brustkorb taut. Der März
war schlimm, der Winter
dreiundvierzig wird uns in

Erinnerung bleiben: da haben
wir das Abzeichen gemacht,
Verwundeten-, in Schwarz, in
Meeresnähe, auf der Krim.

V

Leite, queijo, coalhada: de graça.
No fundo, estávamos todos
na Crimeia, por lá passamos
metade de nossas vidas,

no gelo e na neve, até a chegada
dos Tártaros. O capuz de piloto
perdido, o cabelo chamuscado,
o crânio em puro osso e

uma carcaça. Foi assim que
todos nós começamos: oito
dias na tenda térmica para
tratamento severo das costelas.

Plenamente sem voz e a respiração
fraca, nem mesmo nossos próprios
poemas recitar podíamos, OSTARA
ALGUMA VAGA SOBRE TODAS

AS SOMBRAS, nenhum nome,
antes que o tórax descongele.
Março foi terrível, o inverno
de quarenta e três ficará em

nossa lembrança: ali nós
fizemos a insígnia, junto
aos feridos, de preto, perto
do mar, na Crimeia.

VI

Schneehasen: möglich, Fauna,
Feodosia. Spuren sind
gleich verweht, der Rest ist
klar, ein Balg, Karnickelfell,

steck deine Hand hinein und
schließ die Augen, wie
Tiere einem manchmal zu
erkennen geben: jetzt schlafe

ich, jetzt schau mich an. Ich
warte noch, daß wir
verschwinden. Es flimmert. Der
westdeutsche Tierfilm beginnt.

VI

Lebres da neve: possível, fauna,
Teodósia. Os rastros logo
estarão varridos, o resto é
claro, um despojo, pele de coelho,

meta tua mão adentro e feche
os olhos, como os animais
às vezes fazem com que alguém
pense: estou dormindo,

me observe agora. Ainda
espero que nós dois sumamos.
Fagulha. O filme de animais
da Alemanha Ocidental inicia.

Grafite

Graphit, 2014

Graphit

I

Schneekatze, die ihre Bahnen
zieht. Der Schneimeister
persönlich dirigiert den
Pistenbully am künstlichen

Hang. Ein Mann mit Strickmütze
und Daunenjacke, ein Mann
mit Zungenschlag, eine
Flachlandgestalt, ein Mann

aus Neuss. Draußen ganzjährig
Runkelrübenäckerweiten.
Ein Broich. Ein Busch. Ein
Rath. Da und dort ein Paar

Pappelzeilen. Hier aber: Wie er
seine Schneekatze durch die
Eiswelt jagt, den Räumschild
im Blick, die Fräse im Rücken,

in Zeitlupe und flück, flück, flück –
eine Schneekatze eben.
Eine Schneekatzennacht. So
führt er uns, der Schneimeister,

mit lässiger Hand vor, wie man in
Neuss am Rhein
Maschinenschnee zu
Schneekunst macht.

Grafite

I

Gato das neves, suas vias
ele abre. O mestre da neve
em pessoa rege a
niveladora no aclive

falso. Um homem com gorro
de tricô e jaqueta forrada, um
homem com sotaque, uma
figura das terras baixas, um homem

de Neuss. Lá fora vastidões
de campos de beterraba o ano todo.
Um paul. Um buco. Um
quara. Aqui e ali uma fileira

de álamos. Mas aqui: como
ele lança seu gato das neves
pelo mundo de gelo afora, a pá
escavadora à vista, a fresa às costas,

em câmera lenta e flik, flik, flik –
de fato, um gato das neves.
Uma noite de gatos das neves. Assim
ele nos mostra, o mestre da neve,

com mão indolente, como
em Neuss, à beira do Reno,
transformam neve de
máquina em arte de neve.

II

Hochsommer ,38. Schnittmeister
Eisenstein braucht dringend
einen zugefrorenen See,
verschneit. Mit Eismaschinen,

Schneekanonen kann die Mosfilm
ihm nicht dienen. Eisenstein
rodet ein Gelände vor der Stadt,
ebnet es ein, läßt kurzerhand

die halbe Landschaft asphaltieren.
Zuletzt der Schneeauftrag, ein
lichtaufsaugendes Gemisch
aus Naphthalin und Kreide.

Kameramann Tisse versteht sich
auf den Übergang von Weiß
zu Grau zu Schwarz, läßt
junge Tannen, herbeigekarrte

Schonungsware, hellblau bemalen
und mit Kalk bestreuen, Mehl.
Tisse macht Winterlicht. Ein
Peipussee 1242, der sich im

Verlauf der Schlacht rot zu färben
hat. Ohne Schneekoller aber,
soviel ist klar, fängt Eisenstein
gar nicht erst zu drehen an.

II

Pleno verão, 38. O mestre de montagens
Eisenstein precisa com urgência
de um lago congelado, um coberto
de neve. Máquinas de gelo

e canhões de flocos a Mosfilm
não quer fornecer. Eisenstein
desmata um terreno nos subúrbios,
nivela-o, manda sem demora

que asfaltem meia paisagem.
Por último, a aplicação da neve,
uma mistura de naftalina e giz
capaz de absorver a luz.

Tisse, o diretor de fotografia,
entende da transição do branco
para o cinza e para o preto, manda
pintar pinheiros jovens – material

para reflorestamento – de azul claro,
e os polvilha com cal, com farinha.
Tisse cria luz de inverno. Um lago
Peipus, que em 1242 terá que se tingir

de vermelho no decorrer da batalha.
Mas sem cólera de neve,
está mais do que claro, Eisenstein
não vai sequer começar a gravar.

III

Keinerlei Alpenanmutung. Die
Webcam zeigt: Es schneit.
Und es wird schneien,
die ganze Nacht. Wer hat

gesagt: »schrift ist durch einen
schneesturm waten«?
Die feine, milchig-weiße Luft,
minus vier Grad: In der

Skihalle herrscht Windstille,
dreihundertfünfundsechzig
Tage im Jahr. Draußen
der übliche rheinische Niesel,

vergorene Futterrüben – doch
am künstlichen Hang dreht
das Kettenfahrzeug, in deinem
Sprachzentrum dreht sich

ein flinkes Kettenfahrzeug auf
der Stelle. Der Schnee
muß sintern, hörst du,
die Piste anziehen, und merk

dir das: Auf das Fräsbild kommt
es an. So taucht der
Pistenpräparator, Hauch
überall, ins Schneebild ein.

III

Nenhum encanto alpino. A
webcam indica: neva.
E vai nevar mais durante
a noite toda. Quem foi

que disse: "escrever é patinhar
por uma tempestade de neve"?
O ar rarefeito, branco-leitoso,
quatro graus abaixo de zero: no

pavilhão de esqui reina a calma
dos ventos, trezentos e sessenta
e seis dias no ano. Lá fora
a ordinária garoa renânia,

fermentação de beterrabas
forrageiras – a escavadeira
dá voltas no aclive artificial,
no teu centro de linguagem,

uma ágil escavadeira gira
em falso. A neve precisa
sinterizar, está ouvindo,
enrijecer a pista, anote:

isso depende do padrão dos
frisos. Então surge o preparador
de pistas, bafejo por todo lado,
imagem de neve adentro.

IV

Durch einen Schneesturm keucht
sie hier, die Schrift? Auf der
Leinwand sehen wir Newskis
Truppen, Lumpenproletariat

durch Mottenpulverwolken waten.
Kader für Kader eine Eisfläche,
die kein Ufer kennt. Nur
einen Horizont, der langsam

näherrückt, Teutonenreiter in
dichten Reihen. Keine
vereisten Fingerkuppen. Die
Helme leuchten. Wie lange es

noch einmal dauert, bis Newski
den Befehl zum Angriff gibt.
Wie er sein eisernes Visier,
seine Schneebrille vor die Augen

schiebt. Das eiserne Gesicht des
Alexander Newski. Der fehlende
Hauch vor seinem Mund
beim Atmen, Sprechen, Keuchen.

Hier werden Winterschlachten
grundsätzlich auf die Musik
geschnitten. Sollen Guderians
Panzerdivisionen kommen.

IV

Através da nevasca arqueja
aqui, a escrita? Na tela vemos
as tropas de Nevski,
o lumpemprotelariado,

patinhar por nuvens de pó
de traça. Quadro a quadro,
superfície de gelo que desconhece
margens. Apenas um horizonte

se aproxima devagar, cavaleiros
teutônicos em grossas fileiras. Ponta
de dedo alguma congelada.
Os capacetes brilham. Quanto

tempo mais, até que Nevski
ordene o ataque. Como ele
aperta seu visor de aço, seus
óculos de ski contra os olhos.

O rosto férreo de Alexander
Nevski. O hálito ausente
na frente da boca ao
respirar, falar, arquejar.

Aqui as batalhas de inverno
são editadas de acordo
com a música. Caso a divisão
blindada de Guderian avance.

V

Dazu die stickige Moskauer
Hochsommerluft. Verdammt
stickiges Filmset am Rand
der Stadt: Hier läßt sich keine

einzige Atemszene drehen.
Denn, Schnittmeister, dein
hingebauter Peipussee,
der riecht verdammt nach

Totenwäsche. Die Mutter aller
weißen Flächen riecht, als
hättest du die Wäscheschublade
eines Toten durchwühlt. Die

vollgestopften Kleiderschränke
sämtlicher Toter der Revolution,
Krepierte aller Länder, so
riecht das. Mit Naphthalin

gemehlt, mit Kalk. Gelöschte
Gestalten. So riecht die
Vorkriegszeit um Moskau,
das naphthalingeschwängerte

Hochsommerleben. Dies deine
Atemluft, Schnittmeister.
Und dein weißer Asphalt
beginnt zu schmelzen.

V

Somado a isso o mormaço
de verão em Moscou. Maldito
set de filmagem abafado à margem
da cidade: aqui não é possível

gravar cena alguma de respiração.
Pois, mestre de montagem,
teu lago Peipus fabricado,
cheira a roupa enxovalhada

dos mortos. A mãe de todas
as superfícies brancas cheira
como se tivéssemos vasculhado
as gavetas de um morto. O

guarda-roupas estufado com
todos os mortos da revolução,
cadáveres de todos os países,
assim é que cheira. Com naftalina

em pó, com cal. Formas
extintas. Assim é que cheira
o pré-guerra em Moscou,
a vida de verão saturada

de naftalina. Este é teu ar de
alento, mestre de montagem.
E teu asfalto branco
começa a derreter.

VI

Hinter dem Panoramafenster
sinkt ein feiner Dunst: der kalte
Nebel. Berieselt das gesamte
im Blick liegende Querformat.

Kristallisiert sich nach und nach,
bis er, am Boden angelangt,
zu Schnee geworden ist.
Zu gleichmäßig verteiltem

Flockenschnee. Der Hasenstall
geschlossen, auf der Salzburger
Hochalm sind die Tische
schon gewischt. Am Neusser

Gletscher gilt, wie überall: »Es
gibt die Sonne, es gibt den Schnee.
Man muß so lange drehen, wie
man über etwas schreiben kann.«

Denn der Winter ist dunkel, und
der Schnee ein schwindendes
Objekt, weil man zu spät
kommt, jedesmal zu spät, wenn

man ihn filmen will. Der letzte
Kader: Einmal quer durchs
Jahrhundert führt, am Pistenrand
hier, eine Schattenspur: Graphit.

VI

Atrás da janela panorâmica
cai uma névoa fina: a neblina
fria. Todo o formato transversal
em exibição chuvisca.

Pouco a pouco se cristaliza,
até que, ao atingir o solo,
transforma-se em neve.
Em flocos de neve espalhados

simetricamente . O
Hasenstall está fechado, no
Salzburger Hochalm as mesas
já estão limpas. Nas geleiras

de Neuss, como em toda parte,
vale: "Há o sol, há a neve.
É preciso filmar tanto quanto seja
possível escrever sobre algo."

Pois o inverno é escuro, e
a neve um objeto que evanesce,
porque chegamos sempre tarde
demais, sempre tarde demais,

quando queremos filmá-la. O
último quadro: através do século,
de repente avança, na margem
da pista, um rastro de sombra: grafite.

Timide, timide

Timide, timide. Wir müssen über
Burschenspucke sprechen,
über die Wilgefortis, Kumerana,
Ontcommer, Hulpe, Kümmernis.

Über Nasalstriche. Das Geldrische.
Über Bastarda. Eine Hand. Und
über Schlaf. Das bleiche Licht
vom Niederrhein, Frühsommer

fast, die Ginsterblüte, man hört
den Falken einen Falken
locken, Kaninchenhaar, sagt man,
schmeckt süß. Rasch auf die

Autobahn. So wandert sie, die Bärtige,
der Wandertheorie zufolge
den Rhein hinauf
bis in die Schweiz, nach

Südtirol, geht Zeichen machen.
Spricht. Wir sehen ihre
ungenagelten, beschuhten Füße.
Timide, timide – Thomas a Kempis,

apokryph. Nein, das sind keine
Frühstücksflocken im Gesicht.
Wir wachsen nach. Wir sind
des Fieberns und Sedierens müde.

Tímidos, tímidos

Tímidos, tímidos. Precisamos
falar de cuspe de meninos,
sobre Vilgeforte, Cumerana,
Liberata, Librada, Santa Aflita.

Sobre tiles nasais. Guéldrigos.
Sobre Bastarda. Uma mão. E
sobre sono. A luz pálida
do baixo Reno, pré-verão

quase, os botões de giesta,
ouvimos o falcão atrair um falcão,
o sabor de pelo de coelho,
dizem, é doce. Corra para

a rodovia. Assim peregrina, a barbada,
conforme a teoria migratória
Reno acima
até à Suíça, para

Bolzano, traçando signos.
Fala. Vemos seus pés
calçados, sem unhas.
Tímidos, tímidos – Tomás de Kempis,

apócrifo. Não, isto não são
flocos do café da manhã
no rosto. Crescemos de novo.
Cansamos da febre e dos sedativos.

Die rettende Zeile

I

Rustschuk, beinahe unhörbar,
ein einzelner Laut zwischen
Tankstelle und meiner letzten
bulgarischen Zigarette.

Am Rand der unbesuchten Stadt,
in Erwartung einer rettenden
Zeile, mein Speichel, der Rauch,
ich kenne die mürben

Betonplatten, die eingeschlossenen
Kiesel, erkenne das Kraut
im Septemberlicht wieder.
Mein Blick rastet ein, wie der

Blick des Busfahrers einrastet, da
er mich jetzt zur Eile ermahnt,
er kramt in der Hosentasche,
das reicht. Vielleicht seine erste

Tour über die Grenze, Bukarest
kaum mehr als ein Wort
und ein geliehener Stadtplan,
der wie jedes bedruckte Papier

unruhig macht. Ein einzelner
Laut zwischen Himmel und
Gaumen, Rustschuk und
Ruse, mein ganzes Lexikon.

A linha de resgate

I

Rusçuk, quase inaudível,
um único som entre o posto
de gasolina e meu último
cigarro búlgaro.

À margem da cidade não
visitada, na espera de uma
linha de resgate, minha saliva,
a fumaça, conheço as esfaceladas

placas de concreto, o cascalho
encurralado, reconheço a erva
na luz de setembro de novo.
Meu olhar se fixa, como o

olhar do motorista de ônibus,
me incutindo agora a pressa,
ele remexe no bolso da calça,
isso basta. Talvez seja seu primeiro

tour pra além da fronteira, Bucareste,
pouco mais que uma palavra
e um mapa da cidade emprestado,
que como todo papel impresso

nos inquieta. Um único
som entre o céu e o
palato, Rusçuk, e Ruse,
minha enciclopédia inteira.

II

Auf der Brücke über die Donau,
EUROPA, ist Schluß mit
dem Heimatsender. Und für
einen Moment bist du nicht

mehr dieselbe Person, das träge,
das graugelbe Wasser, kein
Wind, die Hafenanlagen, dort
Wien, dort im Osten die See,

während der Norden verschwimmt.
Du siehst dich im Traum
eines Fremden, siehst dich
mit Hauch vor dem Mund, ein

Winter vor hundert Jahren, und
die Kälte dröhnt in den Ohren,
im Schlitten Canetti als
furchtsames Kind. Die Kälte?

Ein Summen, ein Heulen kommt
über den zugefrorenen Fluß,
Tierlaute – Wörter, die uns
zerreißen. Decken und Mäntel,

gut, daß die Welt hier aus Pelz
besteht, in den du die Finger
graben kannst. Da merkst
du, der Werwolf sitzt neben dir.

II

Sobre a ponte do Danúbio,
EUROPA, é até onde alcança
a emissora natal. E por um
instante você não é mais

a mesma pessoa, a fleumática
água cinza-amarela, vento
algum, as estruturas portuárias,
pra lá Viena, pra lá, no Leste, o mar,

enquanto o Norte se esfumaça.
Você se vê no sonho
de um estrangeiro, se vê com
hálito diante da boca, um

inverno de cem anos atrás, e
o frio rugindo nos ouvidos,
no trenó Canetti enquanto
criança temerosa. O frio?

Um zumbido, um uivo vindo
pelo rio congelado, sons
de animais – palavras, que nos
dilaceram. Mantas e casacos,

que bom que o mundo aqui é
feito de peles, na qual você pode
enterrar os dedos. Aí você nota,
que o lobisomem está ao teu lado.

III

Aber zweisprachig sind immer
die andern. Oder stumm,
wie der Sandmann, der nachts
neben deinem Kissen lag und

dich ansah, mit tiefschwarzen
Augen, als wisse er seine
Reime nicht mehr, die er jeden
Abend im Fernsehen aufsagte.

Wie war er ins Zimmer gelangt,
wer hatte sich dieses Geschenk
ausgedacht? Er behielt seine
Herkunft für sich und streckte

dir nur den Zeigefinger entgegen.
Filzanzug, Mütze, Fransenhaar.
Ein unter die Tiere gefallener
NIEMITZ, ein sprachloser Geist,

deinen Schlaf zu bewachen. Heute
weißt du, sein Zungenschlag
hätte dich befremdet, heute weißt
du, er war nicht derselbe. Ein

undurchsichtiger Kerl – doch sein
Spitzbart hat ihn verraten: Er
kam aus dem Nachbarland,
stammte von jenseits der Elbe.

III

Mas bilingues são sempre os
outros. Ou mudos, como o
Sandmann, que à noite
se deitava ao seu lado e te

encarava, com olhos profunda-
mente pretos, como se não
soubesse mais aquelas rimas,
que recitava na tevê toda tarde.

Como foi que entrou no quarto,
quem concebeu este presente?
Conservou pra si sua origem
e pra você só estendeu o fura-bolo.

Terno de feltro, tocas, cabelos
de franjas. Um NIEMITZ
caído entre os animais,
um fantasma sem língua,

vigilar o teu sono. Hoje
você sabe, o teu sotaque
teria te espantado, hoje você
sabe, ele não era o mesmo. Um

sujeito opaco – no entanto,
seu cavanhaque o entrega:
ele veio do país vizinho,
nasceu no outro lado do Elba.

IV

Bin ich zurück? Ruse mit seinem
langen Vokal versteckt sich
unter der Zunge, wo sämtliche
Grenzstädte hingehören,

die ich nur dem Namen nach
kenne. Bin ich der Mann
vom History Channel? Und will
ein echter Ostwolf sein?

Die geschwärzte Stelle im Paß.
Zeit, an der Augenfarbe zu
zweifeln, der eigenen, lange
vor Sonnenuntergang. Muß ich

bleiben? Um mich herum zieht
sich die Welt zusammen,
eine Fahrbahnmarkierung im
umzäunten Karreé, der Ölfleck

vor meinen Füßen. Ich trete die
Flucht in den Endreim an,
ich brauche schließlich nichts
weiter als ein heiseres, leichtes,

ein knappes, ein festes, ein atem-
und tonloses oder gebrülltes,
ein einfaches Räuspern,
ein kaum genicktes: Nun geh.

IV

Estou de volta? Ruse com sua
longa vogal se esconde sob
a língua, onde se encontram todas
as cidades de fronteira

que só conheço pelo nome.
Sou eu o homem do History
Channel? E quero ser um
verdadeiro lobo do Leste?

No passaporte a área rasurada.
Tempo para duvidar da cor
dos olhos, da própria, muito
antes do pôr do sol. Preciso

ficar? À minha volta o mundo
se encolhe, uma marcação
de estradas no quadrado
cercado, a mancha de óleo

na frente dos meus pés. Bato
em retirada para a rima final,
enfim não preciso de nada mais
do que um rouco, leve,

um breve, um firme, um ofe-
gante e átono ou berrado,
de um simples pigarrear, de
uma quase vênia: então vai.

Endreimstimmung

I

Sankt Petersburg, im Juli, gegen
zwei Uhr früh, 2007.
An der Eremitage herrscht, wie
im Rest der Welt, gepflegte

Endreimstimmung unter allen, die
noch auf der Straße sind.
In dieser kurzen Nacht genügt ein
Schritt, und die Vokalpaare,

Aufnahme nachgestellt, werden
über die Uferkante, werden
weit über die Versgrenze
hinausgetrieben. Hier nichts als

Wasser. Stein. Wer auch nur ein
Wort spricht, geht mit.
Baumelnde Füße, fehlende Köpfe,
jedes Bild ein Verbrechen. Und

jede Bewegung zielt auf das dritte
Bild, auf den Schnitt. Vokale,
Konsonanten – Unbekannte.
Drüben die Tafel, knapp über

dem Wasserspiegel: An dieser Stelle
schwamm in seinem letzten
Sommer Sergej Eisenstein.
Soweit die Petersburger Szenerie.

Clima de rima final

I

São Petersburgo, julho, pelas
duas horas da manhã, 2007.
No Hermitage, como no resto
do mundo, reina um clima

de rima final cultivado entre
todos, que continuam nas ruas.
Nesta breve noite basta
um passo, e os pares de vogais,

registro encenado, serão
repelidos sobre as bordas
da margem, mais adiante
sobre o limite do verso. Nada

além de água aqui. Aquele
que disser uma palavra vai junto.
Pés bambos, cabeças ausentes,
em cada imagem um crime. E

cada movimento mira na terceira
imagem, no corte. Vogais,
consoantes – desconhecidas.
Lá atrás o quadro, um triz

sobre o espelho d´água: neste
local nadou Sergej
Eisenstein no seu último verão.
Eis o cenário de Petersburgo.

II

Jemand säuft Blut. Zunächst aber
werden hier die Passanten
aufgereiht, von rechts nach links,
Aufnahme nachgestellt: der

Fleischerhund mit seinem tiefen
Blick und seinem Fleckenfell,
als suche er sich selbst als
Landschaftstkarte ab, unruhig an

kurzer Leine, die ein nüchterner
Kadett zweimal um die Hand
geschlungen hat. Hinter ihm
an der Mauer, so angeheiratet, so

akkurat die Brauen, so hell und
schlicht und schüchtern eine
junge Frau aus der Peripherie,
modisch im Alu-Look, im Cosmo-,

Kosmonautenjäckchen, -traum mit
Reißverschluß, doch kaum
von Dauer. Sacht hält sie
den Jungen an ihrer Seite, eine

Spur zu müde, eine Spur zu fremd,
um hier Modell zu stehen. Die
Daumen hat er unter den Fingern
vergraben. Seine innere Welt.

II

Alguém bebe sangue. Primeiro,
os pedestres são enfileirados,
aqui, da direita pra esquerda,
registro encenado: o cachorro

do açougueiro com seu olhar
profundo e seu pelo malhado,
como se buscasse por si mesmo
feito mapa de paisagem, agitado

na trela curta, que um cadete
contido enrolou duas vezes
em volta da mão. Atrás dele
junto ao muro, tão aparentadas,

tão acuradas as sobrancelhas,
tão claras e modestas e tímidas
uma moça do subúrbio, na moda,
em look-alumínio, de jaqueta

cósmica, em sonhos de cosmonautas,
com fecho ecler, mas já quase
sem forro. Serena ela mantém
o jovem ao seu lado, um bocado

cansado demais, um bocado
estranho demais, para estar aqui
como modelo. Os dedões enterrados
sob os dedos. Seu mundo interior.

III

Jemand hat ihn fürs Nach-, fürs
nächste Bild noch rasch
gekämmt. Ein schlafloses, ein
müdes Kind, Rollkragenpulli

und Betriebssportjacke, sieht uns
mit Seemannsaugen an.
Acht oder neun vielleicht, sie
altern schnell unter dem

Nachthimmel von Petersburg, die
Augenhöhlen bleiben grau,
die Haut bleibt blaß, aber aus
dem hier wird noch was, bestimmt.

Matrosenblut, sein Leben lang.
Der Fleischerhund, ein Rüde,
der lächelnde Kadett, ein
unversprochener Mann, die

Vorstadtfrau, der Junge: Vier
Fremde stehen aufgereiht
am Newa-Ufer wie Verwandte.
Hosen und Schuhe aller Figuren

saufen im Dunkeln ab. Gibt es
so etwas wie kyrillische
Fraktur? Gibt es überhaupt einen
U-Boothafen in der Stadt?

III

Alguém o penteou às pressas
para a pós-, para a próxima
imagem. Uma criança insone,
cansada, suéter de gola alta

e jaqueta esportiva, ali nos
mirando com olhos marítimos.
Com oito ou nove talvez, elas
crescem depressa sob o céu

noturno de Petersburgo, as
fossas dos olhos permanecem
cinzas, a pele pálida, mas este
aqui ainda chegará longe, é certo.

Sangue de marujo, a vida toda.
O cão do açougueiro, um macho,
o cadete sorridente, um homem
descomprometido, a mulher

de subúrbio, o rapaz: quatro
estrangeiros feitos parentes
em fila à margem do Neva.
As calças e os sapatos de todos

os personagens se afogam
no escuro. Existe algo como
gótico cirílico? Há afinal um porto
de submarinos na cidade?

IV

An dieser Stelle die Zäsur. Das
Seestück. Die unbewegte
See. Es ist, mißmutig überfliegt
der Präsident die Karte, es

ist nichts eingezeichnet, wo diese
Kursk vermutlich – sinkt,
sank, gesunken, sinken.
Nichts ist markiert, gar nichts.

Mißmutig blättert er wie jeden
Samstagabend in den alten
Todeslisten. Der Präsident, ihr
kranken Wichser, hört ihr mich,

ihr Schwanzlutscher, überfliegt
stundenlang Aufnahmen einer
unbewegten See. Die Kursk,
der Alptraum eines Akmeisten.

Vokalpaare? Versgrenzen? Dummes
Schwein. Am Sonntagmorgen
hat er sich entschieden: Gedichte
müssen wie ein Schuß ins

Auge sein. Und Leben, hört ihr
mich, ihr Hurensöhne,
Leben heißt jeden Winter aus der
zugefrorenen Newa trinken.

IV

Neste ponto a cesura. O
pedaço de mar. O mar
estático. Não está, amuado
o presidente sobrevoa o mapa,

nada está marcado, onde este
Kursk provavelmente – afunda,
afundara, afundou, afundam.
Nada está marcado, nada.

Amuado ele folheia como
todo sábado à noite a antiga
listagem de mortos. O presidente,
punheteiros de merda, se me

ouvissem, cabaços, sobrevoando
por horas registros de um
mar estático. O Kursk,
o pesadelo de um acmeísta.

Pares de vogais? Limites de verso?
Porco estúpido. Na manhã de
domingo decidira: poemas
devem ser como um tiro

no olho. E a vida, se me
ouvissem, filhos da puta, a
vida significa beber, todos os
invernos, do Neva congelado.

V

Gepflegte Endreimstimmung. Kurz
nach zwei. Keiner hier kennt
den anderen, aber man sieht, jeder
von ihnen denkt das gleiche.

Auch unter Wasser ist die Welt ein
Querformat, ist kein Quadrat,
weiß man seit Eisenstein. Und jeder
denkt: der Präsident hat immer

nur Matrosenblut gesoffen – ihm
fiele gar nichts anderes ein.
Von jeher und für alle Zeit.
Denkt selbst der Hund an seiner

kurzen Leine. So etwas nennt man
dann Familiensinn, man merkt
ihn an den Armen, Händen, Beinen,
merkt ihn im Augenblick, da auf

dem folgenden, dem ungemachten
Newabild eine weitere Figur
erscheint. So geht die Petersburger
Nacht des siebten Juli 2007

hin, Kadett und Kosmonautenfrau,
Fleischerhund und Kind.
Dies meine vier Gesichter,
und ich verstecke nichts darin.

V

Cultivado clima de rima final.
Pouco depois das duas. Ninguém
aqui se conhece, mas vemos, que
cada um deles pensa o mesmo.

Até embaixo d'água o mundo
é um retângulo, não um quadrado,
disso sabemos desde Eisenstein. E
cada um pensa: o presidente sempre

bebeu sangue de marujos – por
não conseguir pensar em mais
nada. Desde antes e para sempre.
Até mesmo o cão, na sua trela

curta, pensa. Algo assim chama-se
senso de família, percebe-se
em seus braços, mãos, pernas,
nota-se no olhar, pois na

seguinte e desfeita imagem
do Neva surge uma outra
personagem. Assim a noite
do sete de julho de 2007 passa

em Petersburgo, cadete e esposa
cosmonauta, cão de açougueiro e
criança. Estas são minhas quatro faces,
e atrás delas não escondo nada.

Schreibhand

Nimm jetzt die schwere
Schreibhand aus dem
Nacken, Zeit für die
Daumenübungen, jetzt

setz dich hin. Setz dich,
so wie du immer
dagesessen hast, als
ob die Sprache dir

ein frisch gestärkter
Kragen sei. Das ist
nicht viel. Ist nichts.
Muß alles sein.

Man hört deine Gelenke
knacken. Du sagst,
wenn da nur keine
Kugelschreiberspuren

sind. Der Unterarm. Du
sagst, der Ellbogen
hat noch ein wenig
Spiel. Dein wollener

Nacken. Gestärkt.
Von unvertrautem Glanz.
Und schwer.
Und sauber abgemessen.

Mão de escrita

Tome agora a pesada
mão de escrita da
nuca, é tempo para os
exercícios polegares,

então sente-se. Sente-
se, assim como você
sempre se sentou, como
se a língua fosse um

colarinho reforçado.
Não é muito. Não é nada.
Tem que ser tudo.
Ouvimos tuas juntas

estalarem. Você diz,
quando ali não sobrar
mais nenhum rastro
da esferográfica.

O antebraço. Você
diz, o cotovelo tem
ainda alguma folga.
A tua obstinada nuca.

Reforçada. De brilho
desconhecido.
E pesada.
E medida com aprumo.

Die Grillmeisterin

I

Hier wird die ganze, ja – hier
wird die Zeit rasiert.
Die brennt, die ganze – brennt
sie dir unter der Achsel.

Die Hitze, sagst du, Hitze – wie
die Luft vibriert. So
brennt die – nachts im Kopf
ein Feuerchen gemacht.

A mestra da grelha

I

Aqui todo o, sim, – aqui
o tempo se raspa.
Ele arde, todo o – ele arde
embaixo do teu braço.

O calor, você diz, calor – como
o ar tremula. Assim é que ele
arde – à noite na cabeça
uma chamazinha inventa.

II

Und ja, ich weiß, die Meisterin
winkt mit der Zange.
Die glüht. Die zeichnet was.
Hab sie erkannt,

Grillmeisterin – glühende Achsel
und glühende Wange.
Sie winkt noch mal – sie will
mit dir von Tränen sprechen.

II

E sim, eu sei, a mestra
acena com sua pinça.
Ela abrasa. Designa algo.
Eu a reconheço,

mestra da grelha – axilas
e bochechas em brasa.
Mais um aceno – com você
ela quer falar de lágrimas.

III

Aber paß auf – eine Grillmeisterin
ist viel allein. Sie zeigt
dir Tricks – wie leicht
Geflügelknochen brechen.

Und dann erzählt sie – Zange,
Messer, messerscharf,
erzählt dir die Geschichte
vom gebratenen Mann.

III

Mas cuidado – uma mestra da
grelha é muito solitária. Ela te
mostra seus truques – como é fácil
quebrar ossos de frango.

Então conta – pinça,
faca, afiada feito navalha,
conta-lhe a história
sobre o homem queimado.

IV

Sie kennt sich aus mit Hühnerhaut.
Sie kann rasieren.
Und sie erzählt, sie kann
Geflügelknochen auch

wieder zusammen, ja, zusammen-
wachsen lassen. Während
sie spricht, füllt sie die fremden
Lungen an mit Rauch.

IV

Ela entende de pele de galinha.
Raspar ela sabe.
E ela conta, ela sabe fazer
com que os ossos de frango

voltem a crescer, sim, a crescer
juntos de novo. E enquanto
fala, vai enchendo o pulmão
alheio de fumaça.

V

Während sie spricht, drückt sie
die fremden Finger in
die Glut, daß du nicht weißt,
mit wem du Wörter

tauschst. Und was sie für dich
hat – die Meisterin hat
Zeit. Brennbaren Stoff – den
kannst du sicher gut gebrauchen.

V

Enquanto ela fala, pressiona
o dedo alheio contra
a brasa, e você já não sabe,
com quem você está medindo

palavras. E o que ela tem
aqui pra você – a mestra
tem tempo. Substância inflamável – da
qual decerto você vai precisar.

VI

Sie bietet dir den reinen Spiritus.
Du mußt nichts weiter
als – mußt dann auf ihren Wink
den Docht eintauchen.

Und morgens bist – bin ich im
halben Rausch erwacht.
Du aber wirst – wirst hier
am Ende nur ganz leise anzitiert.

VI

Ela te oferece álcool destilado.
Você não precisa de
mais nada que – precisa em
seu aceno embeber o pavio.

E de manhã você desperta – desperto-
me meio embriagado.
No entanto, você – é aqui
citado por fim só de fininho.

VII

Die brennt so – auf der Zunge
Holzkohlengeschmack.
Das Achselhaar. Und die Pupille
noch ganz weit.

Die Grillmeisterin winkt von
ferne, winkt nach mir.
Hier wird – man hat es ja
gesehn – die Zeit rasiert.

VII

Assim ela queima – na língua
o gosto de carvão vegetal.
Os pelos de axila. E as pupilas
muito abertas ainda.

A mestra da grelha acena de
longe, acena pra mim.
Aqui – como já se viu –
o tempo se raspa.

Ich muß

Ich muß hinunter in die Dialekte
steigen, ich bin WIE EIN
PALAST VOM VOLK
ZERSPLITTERT, ich bin

der Hund, der sich vorm PLUS
den Hals verdreht, ich bin
SENIOREN AUF DER
BEAUTYFARM, ein Rand-,

ein Nebenwort, das wird sich
zeigen, wenn ich unten
bin. Die Dialekte, da muß
ich hinein, der Wilthener,

der Landsknecht, der Nordhäuser,
der Ostpreußische Bärenfang,
man muß sie auf Hüfthöhe
präsentieren, und ich, mit

Traktoristenhänden, muß in die
Knie, von meiner eigenen
Niedlichkeit erdrückt. Ich
schrieb, ich Beuteldeutscher

schrieb ein Kilo Räusperware,
ich muß zurück,
ich schreibe
KLEINE SPRACHEN hin.

Preciso

Preciso descer aos dialetos
eu sou COMO UM PALÁCIO
ESTILHAÇADO PELO POVO,
eu sou o cão, que gira o

pescoço em frente ao PLUS,
sou IDOSOS NA
BEAUTYFARM, uma palavra
limítrofe, uma palavra à margem,

que vai se confirmar quando
eu estiver lá embaixo. Os dialetos,
ali é que preciso entrar,
o wilthenês, o lansquenete,

o nordhäusernês, o mesquinho
leste-prussiano, é preciso
se apresentar à altura
dos quadris, e eu com mãos

de tratorista, preciso
ajoelhar-me, oprimido por
minha própria pequenez. Eu
escrevi, eu alemão com sacolas,

escrevi um quilo de artigos
para pigarro, preciso voltar,
então escrevo
LÍNGUAS MENORES ali.

Mischmund

Da kommt der Plutemann.
Der Plutemann macht
seine Runde. Er sammelt
Plörren, Plünnen, Pröttel

ein. Nimmt jeden Plunder,
nimmt auch Pröll. Er
nimmt, das ist ihm ganz
egal, Mischmundarten

jeglicher Farbe. Selbst für
Papierfützer ist dieser
Plutemann zu haben.
Das warm Geschlapp,

was soll mir das? So würde
er dich niemals fragen.
Der sammelt, so nebenbei,
noch Spatz und Mösch

und Spatz und Passer ein.
He, Mischmund, zier
dich nicht, wart nicht zu
lang. Hier, Mischmund,

du Spatzenhirn, hör meinen
guten Rat, den gibts
nur einmal: Geh
mit dem Plutemann.

Boca mestiça

Ali vem o trapeiro.
O trapeiro dá sua volta.
Colecionando seus
trapos, farrapos, frangalhos.

Aceita qualquer pilhagem,
leva até entulho. Aceita,
com nada se importa,
todos os tipos de cores

de bocas mestiças. Até
mesmo em tiras de papel
há espaço para o trapeiro.
Esse jururu morno,

de que me serve? Coisa
que jamais te perguntaria.
Ele coleciona, de passagem,
também pardal e vira-latas

e pardal e pássaro.
Ei, boca mestiça, não se faça
de rogada, não espere
demais. Aqui, boca mestiça

miolo-mole, ouça meu
bom conselho, pois só
vale uma vez: siga
junto com o trapeiro.

Deine Silbe Grimm

Das Wörterbuch. Das deinen
Kopf bestimmt. Dein
Nachtmahr, deine Auslegware,
dein Standgericht und deine

Tischvorlage. (Ein langhaariger,
schwerer Mann samt
seinem Schatten, wie er im
Dunkeln Anlauf nimmt.) Das

Wörterbuch. Dein Ohrenschutz,
dein DNA-Test und dein
Zeugenprotokoll. Dein Schemen.
Deine Silbe Grimm.

Das Zeichen auf der Wange.
(Das Wörterbuch. Dein
Kopf, in dem du Gastarbeiter
bist.) Der Schmutz unter

den Nägeln ist dein Wörterbuch.
(Sind die gedehnten Lautketten,
und die gestauchten. Sind
KNATHMANN, KNAUCH

und KNAUDER.) KNICKWIRTEN
auch, daß dir der Kopf
wackelt wie ein Has am
Sattel. Knicklaute sinds.

Tuas sílabas Grimm

O dicionário. O que a tua
cabeça determina. Teu
pesadelo, tua alcatifa,
tua corte marcial e teu

handout. (Um homem
cabeludo e pesado junto
da tua sombra, toma
impulso no escuro.) O

dicionário. Tua proteção
de ouvido, teu teste de DNA e
teu protocolo de testemunhas.
Teus esquemas. Tuas sílabas

Grimm. O signo na face.
(O dicionário. Tua cabeça,
Na qual você é mão de obra
imigrante.) Teu dicionário

é a sujeira sob as unhas.
(São as cadeias de fonemas
alongadas e comprimidas.
São CENHAL, CERTIR

e CERTOCO) CERSVICAL
também, que tua cabeça
chacoalhe como uma lebre
no arreio. São glotais.

Sind die zwei alten (die beiden
tätowierten, niemals
verstummenden, nichts außer
Sprache einatmenden und, ja,

die langhaarigen, die schweren)
Knastbrüder, die dich nun
seit Jahrzehnten vor Morgengrauen
in die Zange nehmen.

São os dois velhos (ambos
tatuados, jamais
calados, inalando nada
mais do que linguagem e, sim,

os cabeludos, os pesados)
irmãos de cárcere, que há
décadas te colocam contra
a parede antes da alvorada.

Im Wörterbuch

I

Der Hund, mit dem ich spielte, war
ein Sprachhund, der sich im
Wörterbuch verlaufen hatte
Anfang Januar. Der Hund, mit dem

ich sprach, sah mir beim Reden zu,
sein blaues Samojedenauge starr
auf meinen Mund gerichtet,
sein anderes, sein Bernsteinauge

aber folgte meiner rechten Hand,
während der Schnee stob
und das Licht unten im Tal
vom Nebel aufgesogen wurde.

Ich hielt ihn hin. Er fror. Kein Wort
war mehr an seinem Platz.
Brennholz zerkaut. Neuschnee
vernichtet. Wie kommt der

Hofhund an sein Idiom? Wohl übern
Bodensee geweht vor Zeiten?
Dritter Versuch, Fragesatz: Heißt
es nun Hören oder Fassen?

So ging es zu in seinem Hundekopf,
in seinen Vorderpfoten.
Nächsten Tag Bisenlage,
Rachenfieber, trockene Zunge, duuch.

No dicionário

I

O cão com que eu brincava
era um cão de linguagem,
que no início de janeiro se
perdeu no dicionário. O cão

com que eu falava, me encarava
se eu conversava, seu olho azul
fixo na direção da minha boca,
seu outro, o olho âmbar,

seguindo minha mão direita,
enquanto a neve caía e
a luz lá embaixo no vale ia
sendo absorvida pela neblina.

Eu o entretinha. Ele passava frio.
Palavra alguma ficava no lugar.
Lenha mastigada. Neve fresca
extinguida. Como o cão de guarda

chega ao seu idioma? Soprado
há tempos sobre o Lago de Constança?
Terceira tentativa, interrogativa:
isso quer dizer ouvir ou pegar?

Era o que se passava na sua cabeça
canina, nas suas patas dianteiras.
Um dia depois, vento bise,
febre de garganta, língua seca, doído.

II

Man muß dem Hund, dem Sprachhund
hier, als vorsichtiger Dealer
gegenübertreten. Die kleinste Prise
Hochdeutsch wirkt

auf ihn wie eine Droge, und ist er
erst einmal auf den Geschmack
gekommen, hängt alles nur
von der geschickten Kommasetzung

ab. Ein Hund lernt spielend Schal und
Halstuch unterscheiden, lernt
Boots und Winterstiefel
auseinanderhalten, während er

Schnee in kalte Luft zurückverwandelt.
Hundestolz. Wer von uns beiden
ist jetzt Logopäde, wer ist
Graphologe? Ein Mischlingshund

lernt sogar Feinheiten wie: Biechte
oder: Rauhreif, je nachdem, wer
mit ihm spricht. Das angeschossene
Rebhuhn hier, der Stock,

dieser erlegte Erpel – gar keine Frage,
ein Hund lernt spielend: Holz,
ein Lidschlag, und er hat gewählt
zwischen: belebt und: unbelebt.

II

É preciso confrontar o cão,
o cão de linguagem aqui, como
um cauteloso dealer. A menor
dose de alemão padrão age

nele como uma droga, e uma
vez que tenha adquirido gosto
pela coisa, tudo depende apenas
da hábil posição da vírgula.

Um cão aprende brincando a
distinguir cachecol de echarpe,
aprende a separar botinas de botas
de inverno, enquanto a neve

volta a transformar-se em ar
frio. Orgulho canino. Quem de
nós dois é fonoaudiólogo, quem
gramofone? Um cão mestiço

aprende até finezas como: escarcha
ou: geada, dependendo, de quem
falar com ele. A alvejada perdiz-
cinzenta aqui, o pedaço de pau,

o pato abatido – pergunta alguma,
um cão aprende brincando: madeira,
um piscar de olhos e ele escolheu
entre: animado e: inanimado.

III

Dies ist genau die Zeit, die es ihn
kostet, um ein neues Wort
zu lernen. Ein Hund von dieser
Größe etwa. Ein bis zwei Silben.

Jetzt schießt das Blut in seine Ohren.
Jetzt leuchten seine Augen.
Jetzt liegen die Fangzähne frei.
Die Lefzen scheuern am Gebiß,

das regt den Appetit an, setzt die
Schnauze unter Spannung,
weckt den Appetit auf unbekannte
Sprachen. Jetzt. Den angenagten

Zweig legt er vor meinen Füßen ab,
als wollte er mich fragen,
ob er den restlichen Landstrich
totschütteln darf. Unser Jagdgrund

zeigt sich zerschnitten. Unsere
Welt – man müßte Rudel sein.
Dies ist die Zeit. Dies sind
die Milben. Dies ist der Geifer. Dies

der Hang. Und dies der unsichtbare
Zaun, den so ein Hund
nicht überspringen kann. Quer
durch den Kopf verläuft der Draht.

III

Este é exatamente o tempo,
que lhe custa, para aprender
uma nova palavra. Um cão deste
tamanho. Uma até duas sílabas.

Agora nas orelhas o sangue pulsa.
Agora brilham seus olhos.
Agora mostra suas presas.
Os beiços roçam nos dentes,

isso atiça o apetite, tensiona o
focinho, desperta
o apetite para línguas
desconhecidas. Agora o graveto

roído ele põe aos meus pés,
como se quisesse me perguntar,
se ele pode revirar o resto
do terreno todo. Nossa zona

de caça se mostra retalhada.
Nosso mundo – seria preciso
ser matilha. Este é o tempo.
Estes são os ácaros. Esta é a baba.

Este o declive. E esta a cerca
invisível, que um cão destes
não pode saltar. De viés
pela cabeça o arame passa.

IV

Späte Besiedelung. Sehr spät erst
hat man sich in diese Täler
vorgetastet. Mit kleinem
Wortschatz durch die Fluren.

Watte- und Weideland. Und eine
Handvoll Vogelarten. Das
Amt des Sprachbewahrers
übernahmen Eremiten, die redeten

in Höhlen vor sich hin, einmal im Jahr
ließ man den Hof allein und
stieg den Berg hinauf, wartete
vor dem Eingang, bis man

an die Reihe kam, die Füße unruhig,
das Ohr empfangsbereit,
die Stimmritze geweitet – Trittspuren,
Mulden im Gestein sind dort

noch heute zu bewundern. Die ganze
aufgefrischte Nachbarschaft.
Im Wortrausch alle.
Soll Abstürze gegeben haben

auf dem Weg zurück ins Tal. Man
legte Zäune an. Aber
noch heute zeigen sich mitunter
schmerzliche Lücken im Vokabular.

IV

Assentamento tardio. Apenas
muito tarde eles chegaram a
estes vales. Com vocabulário
reduzido pelas várzeas.

Pastagens e pantanais. E uma
mão cheia de espécies de aves.
Eremitas assumiram o posto
do preservador de idiomas,

eles falavam em cavernas consigo
mesmo, uma vez por mês
abandonavam a côrte e
subiam a montanha, esperavam

na entrada, até que chegasse a
vez deles, pés inquietos, o ouvido
pronto à escuta, a glote dilatada –
rastros de pegadas, as covas nas rochas

estão lá até hoje para serem
admiradas. Toda a vizinhança
renovada. Todos em surto
de linguagem. Dizem ter havido

acidentes no caminho de volta
ao vale. Cercas foram levantadas.
Mas até hoje de vez em quando surgem
lacunas dolorosas no vocabulário.

V

Am weit gespannten Draht verfängt
sich Geißenhaar. Verfängt
sich Flaum und Unterfell, verfängt
sich morgens Schaf, nach

Sonnenuntergang auch Marder, Hase.
Die Pflöcke fangen sich bei
jedem Wetter Pilz und Alge ein,
die wasserspeichernden, die

lichtabweisenden, die kryptogamen.
Das heißt nichts anderes als
beidhändig Schreiben, in
die Landschaft rein. Nichts anderes

als Geflecht. Ob die Natur ins Ausland
geht? Gewiß, und zwar ganz
von allein, nur eben unter anderem
Namen, so ist sie es gewohnt, als

bläulicher und rostfarbener Schimmer,
als Spore, Same oder Schall.
Fragen Sie mal den Sprachhund
hier, den halben Samojeden,

halben Bläß – den nehm ich mit, der
steht gehörig unter Strom, ja,
den dressier ich mir,
dem bring ich Schreiben bei.

V

No arame longamente esticado
enleia-se pelo de cabras. Enleia-
se penugem e subpelo, enleia-
se, pela manhã, ovelha, depois

do pôr do sol fuinha, lebre.
Seja qual for o clima, as estacas
apanham fungo e algas,
as que armazenam água, as

que rejeitam luz, as criptógamas.
Isso não quer dizer nada além
de escrever com as duas mãos
paisagem adentro. Nada além

de líquens. Se a natureza
vai pro exterior? Sem dúvida, e vai
sozinha, usando apenas um outro
nome, está acostumada a isso, vai

como brilho azulado e cor-de-
ferrugem, como esporo, semente
ou som. Pergunte ao cão de
linguagem aqui, meio samoieda,

meio boiadeiro – eu o levo comigo,
está de fato eletrizado, sim
eu vou adestrá-lo,
vou ensiná-lo a escrever.

VI

Er hielt den Kopf gesenkt nach Art
der Samojeden, nach Art
der Appenzeller wühlte er im
Schnee, die wilden Vorderpfoten

wie ein Tier beim Reden. Man muß ihm,
klar, als Dealer gegenübertreten,
als Gesten- oder Klangdosierer vor
ihm stehn, muß dunkler Tierkopf

sein und Herr der Alphabete. Aber
was heißt schon Milbenwort,
was Silbengeifer, wir hangeln
uns an solchen Hilfslinien

entlang, einmal zu oft sind Hund und
ich im Übereifer – Sprechen
ist Hecheln – in des andern Welt
geglitten. Er fand die Spur ins

Wörterbuch nicht mehr, er sang. Ich
sah ihn an, er warf den Stock,
ich zog den Schlitten. Sein
blaues Auge starr auf meinen

Mund gerichtet, betäubt und
sprungbereit. Und wie sein
Atem geht. Ein Hund in dieser
Körperhaltung, sagt man, dichtet.

VI

Ele mantinha a cabeça baixa
conforme os samoiedas, conforme os
Appenzeller, ele fuçava na neve,
as selvagens patas dianteiras

como um animal que fala. É preciso
enfrentá-lo, claro, como um dealer,
estar diante dele como dosador de
sons e gestos, é preciso ser cabeça

de animal e senhor de alfabetos.
O que significa afinal a palavra-ácaro
e baba silábica, nos penduramos
ao longo de tais linhas-guia,

uma vez demais eu e o cão,
por excesso de zelo, – falar é
ofegar – deslizamos para dentro
do mundo um do outro. Então

não achou mais a trilha pro dicionário,
cantou. Eu o encarei, ele lançou o
graveto, eu puxei o trenó. Seu olho
azul fixo na direção da minha

boca, zonzo e pronto pro salto.
Como sua respiração
oscila. Um cão nesta postura,
dizem, escreve poesia.

Wespe, komm

Wespe, komm in meinen Mund,
mach mir Sprache, innen,
und außen mach mir was am
Hals, zeig's dem Gaumen, zeig es

uns. So ging das. So gingen die
achtziger Jahre. Als wir jung
und im Westen waren. Sprache,
mach die Zunge heiß, mach

den ganzen Rachen wund, gib mir
Farbe, kriech da rein. Zeig mir
Wort- und Wespenfleiß, mach's
dem Deutsch am Zungengrund,

innen muß die Sprache sein. Immer
auf Nesquik, immer auf Kante.
Das waren die Neunziger. Waren
die Nuller. Jahre. Und: so geht das

auf dem Land. Halt die Außensprache
kalt, innen sei Insektendunst, mach
es mir, mach mich gesund,
Wespe, komm in meinen Mund.

Vespa, venha

Vespa, venha à minha boca,
faça-me língua, por dentro,
e por fora, faça-me algo na
garganta, mostre ao palato,

a nós. Assim foi. Assim foram
os anos oitenta. Quando éramos
jovens, vivíamos no Oeste. Língua,
faça a tramela quente, esfole

a goela toda, dê-me mais cor,
se meta ali dentro. Me mostre
afinco de vespa e palavra, sacie
o alemão às papilas gustativas,

a língua deve estar no interior. Sempre
em Nesquik, sempre nas beiradas.
Esses foram os noventa. Foram
os nulos. Anos dois mil. E: assim é

pelo país afora. Retenha fria a lingua-
gem exterior, seja por dentro vapor
de inseto, sacie-me, cure-me,
vespa, venha à minha boca.

Die Maus

I

Im Auge einer Maus zieht sich
die Welt zusammen. Und
diese Maus – ihr Fell um
einige Graustufen heller als

erwartet, daß es fast schmerzt –
sie hält dich fest im Blick.
Ein Fell wie Sand,
wenn er durchleuchtet wird.

Wohl erst nach Sonnenuntergang
wechselt es seine Farbe,
wird Zigarettenasche, dann
Graphit. Weißkreuz mal

Blaukreuz mal Blaugras mal
Fliedergas: So sitzt du
da, innerlich buntgeschossen,
dein Maskenbrecher die

dünne, verdächtig geruchlose
Luft knapp unter der
Zweitausendmetermarke. Hier
geht dir alles auf die Lunge.

Der Himmel etwa. So viele Gase,
die im Innern wirken – alles
bläst sich ruckzuck auf. Du
großer Gott, du Pferdemagen.

O camundongo

I

No olho de um camundongo
o mundo se contrai. E este
camundongo – seu pelo em
alguns tons de gris mais

claros que o esperado quase
machuca – te aprisiona
no olhar. Um pelo como
areia, ao passar pelo raio-x.

Só depois do pôr do sol
ele altera sua cor,
para cinza de cigarro, então
para grafite. Ora cruz branca,

cruz azul, ora capim azul, ora
gás lilás: assim você está
sentado ali, alvejado de cores
por dentro, teu quebra-máscaras,

o rarefeito e suspeito ar inodoro
pouco abaixo da marca dos
dois mil metros. Tudo aqui
te pesa nos pulmões.

O céu, por exemplo. Tantos gases,
agindo no interior – tudo
infla num instante. Você
meu Deus, você bucho de cavalo.

II

An dieser Stelle liegt er, in
stabiler Seitenlage, der
verendete, der keinen letzten
Gedanken wälzende Gaul.

Das Photo neunzehnsiebzehn,
Blick auf den Paß, die
Zollstation, die Kehle, schräg
von oben: Durchbruch am

Isonzo. Und was da aussieht
wie Erbrochenes im Staub
zwischen geborstenen Balken,
Ziegeln, Pflastersteinen,

den Resten eines Fuhrwerks –
was da so aussieht wie
Erbrochenes vom Pferd,
ist weiter nichts als ein kleiner,

lästiger, bald hundert Jahre
alter Entwicklungs-, nein,
Fixierungsfehler. Ist Sputum
eines Photographen, der es,

er zieht die Aufnahme rasch
aus dem Bad und legt sie
gleich wieder zurück, einfach
nicht fassen kann.

II

Neste canto ele se encontra, deitado
em posição lateral estável,
o cavalo esvaído, que se revira
sem nenhum pensamento final.

A foto de mil novecentos e
dezessete, vista sobre a
passagem, a alfândega, a
garganta, vista de viés: ruptura

no Isonzo. E o que se parece
com vômito na poeira
entre vigas cerdosas,
tijolos, paralelepípedos,

o resto de um veículo –
o que se parece com
vômito de cavalo,
não passa de um erro

pequeno, penoso e logo
com cem anos de idade
de revelação, quer dizer,
de fixação. É o esputo

de um fotógrafo, que, veloz
ele tira as imagens registradas e
logo volta a metê-las no banho,
não pode entender o que vê.

III

Das sind die Dolomiten, wo
sie ungemütlich werden.
Das sind die festen Alpen,
ist das feste Felsgestein.

Unter Beschuß, da fliegen dir
die Fetzen um die Ohren,
Felssplitter (ziemlich
häßlich), und (häßlicher)

Leichenteile. Ein Unterschenkel
mal (gefault, geeist, und
wieder angetaut), mal (Os
temporale, zermatscht und

matschig) Schläfenbein, mal
auch nur einfach (harte,
feste) Kameradenschwarte.
Ein Büschel fremdes Haar.

Samt fremder Haut. Hast du am
Stiefel (mehrere Hundert
Höhenmeter, stundenlang)
zu einer Alp hinaufgetragen.

Oben empfing, umfing dich (mit
Drachenmaul und
Dolomitenfingerkraut)
dein eigener Luxusatem.

III

Estes são as Dolomitas,
o ponto onde se tornam incômodas.
Estes são os rígidos Alpes,
o rochedo rígido de escarpas.

Sob fogo cruzado, trapos
voando ao redor das orelhas,
lascas de rocha (feias o
bastante), e (ainda mais feias)

pedaços de cadáveres. Ora uma
perna (podre, congelada, e a ponto
de descongelar), ora (os temporale
esmagado e lamacento)

uma têmpora, ora simples-
mente apenas uma (dura,
rígida) crosta de camarada.
Um tufo de cabelo alheio.

Junto a pele alheia. Você
subiu de botas (centenas
de metros de altura, horas
a fio) até uma alta pastagem.

Lá em cima, te acolhe, te envolve
(com dolomíticos abre-
bocas e dentes-de-leão)
teu próprio hálito de luxo.

IV

Dein Luxusatem. Der Kadaver
wird: behaucht. Behaucht
wird die Photographie Isonzo
siebzehn, die ange-, über-

fahrene, die mitten auf dem
Paß zusammengeklappte
Stute. Ist einfach umgekippt,
die Mähre? Ader durchtrennt

von einem Fels-, menschlichen
Knochensplitter? Zu wenig
Sauerstoff. Der Überdruck
vielleicht. Genaues weiß man

nicht. Schon ist ein Schaulust-,
Räumkommando unterwegs,
reicht hier von rechts
ins Bild, bestaunt die wie

im Handumdrehen aufgeblähte
Flanke. Erinnerung ist
auch nur Gelbkreuz mal
Arbeit am Gelben Fleck, ist

Hautkampf, Nerven-, Augen-,
Lungenkampf: Das sind
die Stoffe: Das wäre
Kunst, zusammengefaßt.

IV

Teu hálito de luxo. O cadáver
se: bafeja. Bafeja-se
a fotografia do Isonzo
em dezessete, a égua atrope-

lada, que colapsou bem sobre
a passagem do desfiladeiro.
Tombou assim simplesmente
o cavalicoque? Artéria cortada

por uma lasca de falésia,
de ossos humanos? Escassez
de oxigênio. A alta-pressão
talvez. Não se sabe ao certo.

E o esquadrão de evacuação
e de curiosos está a caminho,
avança aqui pela direita
imagem adentro, se espanta

com o flanco que se inflou
num piscar de olhos. Memória
é também granada de gás vezes
trabalho na mácula lútea, é

luta epidérmica, luta dos
nervos, dos olhos e pulmões:
eis os materiais: isto,
em resumo, seria arte.

V

Aus dieser Perspektive wirkt
der Gaul gestaucht. Der
blanke Irrsinn – jetzt sterben
schon die Pferde, man weiß

bald nicht mehr, wen man noch
umarmen soll. Da hast du
sie, deine beschissene Natur.
Die Kunst muß eine wie

im Handumdrehen aufgeblähte,
muß eine Flanke sein,
Gärungsprozesse unter dichtem
Fell, die nahezu unsichtbar

ablaufen. Mit den Fingerspitzen
drüber hinfahren müßte
man, alles noch warm, und
alles in Bewegung, alles,

worauf der Feind, der Italiener
wartet. Dann nichts, kein
Fuhrwerkrest, kein totes
Pferd und kein das tote Pferd

beglotzender Soldat. »Irgend
etwas«, schreibt Oberleutnant
Doktor Robert Musil dazu
nur: »Irgend etwas verraucht.«

V

Deste ponto de vista o cavalo
parece distorcido. A absoluta
loucura – agora os cavalos
já morrem, logo já não

se sabe mais, quem ainda
é preciso abraçar. Aí está
ela, tua natureza fodida.
A arte precisa ser como

um flanco que se inflou
num piscar de olhos, processo
de fermentação sob pelame
grosso, ocorrendo de forma quase

invisível. Seria preciso passar sobre
ele as pontas dos dedos, tudo ainda
morno, e tudo em movimento,
tudo pelo qual o inimigo,

o italiano, espera. Então nada,
nenhum resto de veículos,
nenhum cavalo morto e sinal
algum do soldado

encarando o cavalo morto.
"Alguma coisa", escreve o
primeiro-tenente Dr. Robert Musil:
"Alguma coisa esfumaçada."

VI

Fodara Vedla, Alpenpanorama,
Höhenluft. Wo der Kalkrasen,
wo die kalte Landkarte
regiert, macht dein Kopf eine

kleine Runde durchs ladinische
Grundvokabular. Jedes Tal
hat seine eigenen Laute,
wie jede Netzhaut ihr eigenes

Bild vom geblähten Gaul. Nah
deiner linken Hand,
maus: die Hände, sorex,
suricia, sorica: die Maus, regt

sich etwas, das du, wie jener
Pferdephotograph, nicht
fassen kannst. Das Auge
der sandbraunen Maus – es

braucht einen Sekundenbruch-,
keine Sekunde braucht
es und kein Blinzeln, denn
solche Mäuse blinzeln

nicht – es saugt dein ganzes
neunzehntes Jahrhundert
auf. (Saugt mich mitsamt meinem
zwanzigsten Jahrhundert aus.)

VI

Fodara Vedla, panorama alpino,
ar de altitude. Onde o capim
de calcário, onde reina o gélido
mapa, tua cabeça dá uma breve

volta pelo vocabulário básico
do ladino. Cada planície
tem seu próprio som,
como cada retina sua própria

imagem do cavalo inchado.
Perto de sua mão esquerda,
camundongo: as mãos, sorex,
suricia, sorica: o camundongo,

algo, que você, como todo
fotógrafo de cavalos, não é capaz
de entender, se move. O olho
do camundongo castanho-areia –

é preciso de uma fração de
segundos, de segundo algum,
nenhum piscar de olhos,
pois tais roedores não sabem

piscar os olhos – ele sorve
todo teu século dezenove.
(Me suga junto com todo
meu século vinte)

Serviço de limpeza de demônios

Dämonenräumdienst, 2021

Farn

Ich lebe dort, wo ich verbreitet bin,
bei meiner Farnverwandtschaft,
die sich auf Trockenfeldern
teils über Liebesnestern schließt

und teils seit langem schon zu Torf
geworden ist, also ein Buch,
in unentzifferbarer Schrift verfaßt,
wie jene Fährte, jene Spur eines

fremdartigen Geruchs, dem nur die
Hundenase folgen kann. Doch
immerhin ein Buch. Ich schreibe
das mit nassen Füßen, halber Hand

und einem um den Kopf drapierten
Lappen. Von nun an eine andere
Atemtechnik. Ich mache einen
Schritt und komm voran. Ich mache

einen zweiten Schritt und bin schon
da. Ich bin durch Herkünfte
gestapft, der Moorboden bebt,
das Wasser fiept und zischelt,

da ich Binse und Besenheide unter
mir begrabe, dem Hund gleich,
der seine Erinnerung ans Wildsein
auf der Küchenmatte stellt. Ein

Avenca

Eu vivo, onde sou difundido,
junto à afinidade de avencas,
que em campos agrestes,
parte se encerra em ninhos

de amor, parte há muito tempo
já virou turfa, logo um livro,
escrito com indecifráveis letras,
como aquela trilha, aquele rastro

de um cheiro estrangeiro
que só um nariz canino pode
seguir. Sim, sobretudo um livro.
Eu escrevo isso com as mãos

úmidas, com a metade da mão
e um trapo dobrado ao redor
da cabeça. De agora em diante,
uma nova técnica de respiração.

Eu dou um passo e avanço.
Dou um scgundo passo e já
estou lá. Me arrastei através
de origens, o chão do pântano

tremula, a água assobia e silva,
já que enterrei urze e juncos
embaixo de mim, como um cão
que grava sua memória de ser

Ritual. Ich schreibe dies mit kalten
Händen, schweren Füßen, mit
einem um den Kopf gewickelten
nassen Lappen. Ich habe die kühle

Stirn, ich knipse was an: Wildsein,
Erinnern, der Versuch einer
Schwarztorflektüre – schwarz auf
schwarz. Das bloße Auge kommt

den Hieroglyphen nicht bei. Fiepen
und Schmatzen. Ich laufe nicht
davon. Ich schreibe dies, um
dich zu grüßen, tief im Adlerfarn,

mit beiden Händen und einem um
den Kopf geschwungenen
Frotteetuch: Saufe den Mond, sauf
ihn doch, wenn du kannst.

selvagem no tapete da cozinha.
Um ritual. Escrevo isso com mãos
frias e pés pesados, com um trapo
enrolado ao redor da cabeça. Tenho

a testa fria, fotografo algo: ser
selvagem, recordar, a tentativa
de uma leitura de turfa preta –
preto sobre preto. O olhar nu

não alcança os hieroglifos. Silvar
e mascar. Não escapo disso.
Escrevo, para saudar-te, no fundo
de avencas, com ambas as mãos

e com uma toalha felpuda
ao redor da cabeça: embriague-se
da lua, embriague-se dela
afinal, se você for capaz.

Papier

Wie unzerstört ich bin an diesem
Morgen, und ich kann wieder
liegen, unwissend wie ein
Stück Papier. Und alles an mir

ist ein einziger mattblauer Schein
und ein lässiger Faltenwurf
und ein handbreiter Saum und
alles ganz still und mit kleinen

toten Fliegen geschmückt, wie
es sich für einen echten
Morgenmenschen gehört. Und
ich weiß nichts von den Kriegen,

ich weiß nicht, wie man Hunde
auf Füchse hetzt, ich bin
heute weder der flennende
englische Greis, noch bin ich

jener rachitische Knecht unter
Knechten, der ich sonst
immer bin. Am Gaumen klebt
mir die nächtliche, gräßliche

seltsame Süße. Und mein Auge
trieft, ich seh meine Daumen
und ich finde mich zurück,
und ich gehe ganz langsam im

Papel

Que incólume me sinto
nesta manhã, e mais uma vez posso
ficar deitado, leviano como
um pedaço de papel. Tudo à

minha volta é um único brilho
azul fosco e um plissado frouxo
e um debrum do tamanho
de uma mão e tudo está quieto

e decorado com moscas mortas,
como é próprio a uma autêntica
pessoa matinal. E eu não sei
nada sobre as guerras e eu

não sei como atiçar cães
sobre raposas, hoje não sou
nem o velho inglês chorão,
nem aquele criado raquítico

entre outros criados, que de
outra forma sempre sou.
No meu palato ainda gruda
o açúcar tétrico, noturno

e estranho. E meu olho
goteja, vejo meus polegares
e me encontro de novo,
começo a andar lentamente

Kreis, und der Wasserhahn tropft
und ich bin wieder hier, wo
der Text stets auch der
Hausmeister ist, der nicht einmal

mit seinem Schlüsselbund grüßt,
und den Kittel im Wind
und den Werkzeugkasten sich
selbst auf die Füße. Ich

bin hier. Ich bin unverletzt. Nur
wenn ich niese, weiß ich
nicht, quiekt da in meinem Kopf
die brennende Mickymaus,

quiekt eine Mickymaus, die
niemals spricht, quiekt da
in meinem Kopf die Mickymaus,
die niemand löschen will.

em círculos, e a torneira pinga
e estou de volta aqui, onde
o texto sempre é também
o zelador, que sequer

cumprimenta com seu molho
de chaves, o avental ao vento,
a caixa de ferramentas junto
dos próprios pés. Eu estou aqui.

Estou ileso. Apenas quando
espirro, não sei, guincha ali
na minha cabeça o Mickey
Mouse em chamas,

guincha um Mickey Mouse,
que nunca fala, guincha ali
na minha cabeça o Mickey Mouse,
que ninguém quer extinguir.

Fünf Rezepte gegen Krötigkeit

Ein Rezept gegen einen Schaden,
ein Rezept gegen Verzadeln,
ein Rezept gegen verhauene Adern,
sieben Rezepte gegen Schaben.

Acht Rezepte gegen Verschlagen,
zwei Rezepte gegen erkalteten Magen,
neunzehn Rezepte und vier Segen
gegen das Vernageln.

Vierzehn Rezepte gegen
schweren Atem, zwei Rezepte gegen Maden
in den Ohren, dreiundvierzig Rezepte gegen Rotz,
ein Rezept gegen einen heißen Rücken.

Ein Rezept gegen das Flotz-
maul, ein Rezept gegen Mücken-
stiche, ein Rezept gegen dünne Füße,
acht Rezepte gegen offenen Saum.

Ein Rezept gegen Wißeln,
vierundzwanzig Rezepte gegen Mauke,
ein Rezept gegen Richeln,
zwei Rezepte gegen Schlangenbisse.

Neun Rezepte gegen Rinnen,
zweiundsiebzig Rezepte gegen Räude und Grind,
zwanzig Rezepte gegen Staubfuß,
zehn Rezepte gegen Auswerfen der Dillen.

Cinco receitas contra sapos

Uma receita contra um dano
uma receita contra colapso,
uma receita contra artérias cortadas,
sete receitas contra baratas.

Oito receitas contra manhosos,
duas receitas contra barriga d'água,
dezenove receitas e quatro bençãos
contra casco encravado.

Catorze receitas contra
respiração pesada, duas receitas contra bigatos
de orelha, quarenta e uma receitas contra catarro,
uma receita contra falsa raiva.

Uma receita contra cornagem,
uma receita contra picadas
de mosquito, uma receita contra pés finos,
oito receitas contra bainha aberta.

Uma receita contra o viço,
vinte e quatro receitas contra febre dos pântanos,
uma receita contra ripas,
duas receitas contra mordida de cobra.

Nove receitas contra goteira,
setenta e duas receitas contra impetigo e sarna,
vinte receitas contra pé surdo,
dez receitas contra desperdício de anetos.

Siebzehn Rezepte und drei Segen gegen Schuß-
verletzungen. Vier Rezepte gegen Erschrecken,
elf Rezepte gegen alte Schäden,
sechsundneunzig Rezepte und zwei Segen gegen Rähe.

Fünfundneunzig Rezepte gegen Rappe,
dreizehn Rezepte gegen Krappenmäler.
Dreizehn Rezepte, um Pferde zu färben.
Ein Rezept gegen Ohnmacht und für die Leber.

Fünf Rezepte gegen kalten Saich,
zwölf Rezepte gegen Dämpfigkeit.
Ein Segen und ein Rezept gegen bissige Pferde.
Fünf Rezepte gegen Krötigkeit.

Ein Rezept gegen Schrötigkeit,
ein Rezept gegen Beinbrüchigkeit,
ein Rezept gegen Hufkrankheiten,
ein Rezept, um weit zu reiten.

Dezessete receitas e três bençãos contra ferimento
de bala. Quatro receitas contra susto,
onze receitas contra velhas lástimas,
noventa e seis receitas e duas bençãos contra verrugas.

Noventa e cinco receitas contra morzelos,
treze receitas contra laminite.
Treze receitas para pintar cavalos.
Uma receita contra desmaio e para o fígado.

Cinco receitas contra mijo gelado,
doze receitas contra asma equina.
Uma benção e uma receita contra cavalos mordazes.
Cinco receitas contra sapos.

Uma receita contra escoriações,
uma receita contra lamparão,
uma receita contra unheiro,
uma receita para cavalgar distante.

Schrot

Manches muß man zerschreiben,
muß man zermüllern, damit
es – als Schrot oder Mehl oder
schmutziger Schnee – einen

opaken, einen in alle Richtungen
fließenden Bildgrund ergeben
kann. Dunkelheitsattacken
legen Dunkelheitsreserven an.

Betrachtet man die abgesoffenen
Konturen am frühen
Stummfilmhimmel, folgt man
ihnen durch die Nacht und

weiter noch ins All – undenkbar
wären sie ohne das große
Dunkelheitsreservoir, ohne
Schriftschrot, Schriftgranulat,

das auf dem Zelluloid zerfließt.
Ein Leben im Dienst der
Monochromie. Der Meister
Méliès zieht seine komponierten

Szenen streifenweise durch das
Licht, und jetzt erscheint
im schwarzen Nichts ein
aufgequollenes Mondgesicht, es

Farelo

Às vezes é preciso escrevinhar,
é preciso triturar, para
que como farelo, farinha ou
neve encardida se possa criar

um fundo opaco e fluído
em todos os sentidos. Ataques
de escuridão estabelecem
reservas de escuridão.

Observar os contornos
afogados sob o céu matinal
de um filme mudo é persegui-los
durante a noite e, mais adiante,

até o espaço sideral – impensáveis
seriam sem a enorme
reserva de escuridão, sem
farelos, granulados de escrita,

fluindo sobre a celulóide.
Uma vida a serviço da
monocromia. O mestre
Méliès arrasta suas elaboradas

cenas em estrias pela luz,
e agora a cara inchada da lua
surge do nada no breu, brilha
passando de viés pelo mundo,

blinzelt an der Welt vorbei, und
jetzt, jetzt fliegt die Papprakete
ihm direkt ins rechte Auge,
autsch. Jede Felsgestalt, jedes

Tal, jeder Schattenwurf und jedes
Staubkorn hier besteht aus
geschroteter, angespeichelter,
schmutziger Schrift. Das war

eine höllische Plackerei. Jetzt aber
landet die Papprakete noch
einmal, und landet sanft in
einem Krater. Der kein Auge ist.

Zerschriebenheit. Wie irgendwann
auch dieser Stummfilmhimmel
samt Stummfilmmond zermüllert,
eingekocht, zerschrieben wird.

e agora, agora o foguete
de papelão voa direto
pra dentro do olho direito,
ai. Cada forma de falésia,

cada vale, cada lance de sombra
e cada grão de poeira é feito
aqui de escrita esfarelada,
salivada e suja. Um percalço

infernal. Agora, no entanto,
o foguete de papelão aterrissa
uma vez mais, e aterrissa suave
numa cratera. Que não é um olho.

Escrevinhação. Como em algum
momento até mesmo este céu de filme
mudo junto à lua de filme mudo
é triturado, cozido, escrevinhado.

Sprache im grauen Bereich

Grammatik, du Schlampenstempel
der deutschen Sprache, schütz
mich vor meiner Müdigkeit und
deiner Zauberei, führe mich auf

die Sache hin, führe mich in den
grauen Bereich. Bewahre mich,
der ich dein Angestellter bin,
vor jener Grütze, zäher als zäh,

härter als hart, weicher als weich,
in der ein Reimwort unerkannt
neben dem andern treibt. Dunkler
als dunkel und heller als hell,

ein Phosphorwort, das sich am
Grützensauerstoff entzündet.
Im Grauen will ich sein, an jenem
Ort, der weder Lustpalast noch

Wundergärten kennt, und keinen
Fluß, wie er sich träg durch
Feuerschlünde windet, und
keinen Kubla Khan. Grammatik,

du Schlangentempel der grauen
Sprache, leiser als leise und
reicher als reich, halt mir
die Zitherspielerin aus Abessinien

Linguagem em zona cinzenta

Gramática, carimbo biscate
da língua alemã, me proteja
do meu cansaço, de teu feitiço
me defenda, me conduza até

o que importa, para a zona
cinzenta. Preserve-me, a mim,
eu que sou teu empregado,
de todo grumo, mais tenaz

que o tenaz, duro que o duro,
macio que o macio, a palavra-
rima anda ali incógnita ao lado
de outra. Mais escura que o escuro

e mais claro que o claro, a palavra
fósforo se inflama no oxigênio
de grumo. Quero estar ali, no
cinzento, no ponto, que não sabe

de palácios de delícias nem de jardins
de maravilhas, de rio algum, que lento
se contorce através de gargantas
de fogo, que não conhece Kubla

Khan algum. Gramática, templo
de cobras da língua cinzenta,
mais calada que o calado e mais
rica que o rico, mantenha a citarista

vom Leib, führ meinen fieberfreien
Angestelltensinn geradewegs
aus diesem Sauerstoff- und
Phosphorwahn. Gib mir Bescheid.

Unterweise mich im Umgang
mit der Gummistimme, von
der noch keine Rede war, weil ich
der Erbe einer Gummistimme

bin, eigener Vorfahr und zugleich
Vorfahrengummistimmenecho,
das auf mich gekommen ist.
Nicht von weither. Aus nächster

Nähe. Ein Wunder eigentlich, weil
ich ansonsten nicht eben sehr
elastisch bin. Und dennoch
möchte ich auf dieses Echo bauen.

de Abissínia longe de mim, leve
o meu senso afrebil de empregado
de uma vez por todas deste delírio
de oxigênio e fósforo. Me avise.

Me instrua sobre o trato com vozes
de borracha, sobre as quais
não falamos, porque eu sou
herdeiro de uma voz de borracha,

sou meu próprio ancestral e o
eco da voz ancestral de borracha,
que chegou até mim. Não de longe.
Da proximidade mais imediata.

Um milagre, na verdade, visto
que nem sequer tão elástico
assim eu sou. E gostaria de,
contudo, construir sobre este eco.

In Gesellschaft

In diesem Kopf ist Sprache ein
Verbrechen, das es sauber zu
vertuschen gilt. Irgendwo brennt
Brot. Ein leerer Mayonnaiseeimer

fährt die Rolltreppe hinauf im
Hauptbahnhof. Fettweiß
geht über in Kalkweiß, in Grau.
Haufen glimmender Backwaren

bilden den unscharfen Hintergrund.
Die Tauben verhalten sich
still. Leise popelnd verfolgen
die Menschen das gräßliche

Geschehen auf den Bildschirmen
ringsum. In nächster Nähe
hustet sich jemand dem Ende
entgegen. Alle Fluchtwege sind

verbaut. Niemand will Unruhe
verbreiten. Niemand will
sich bewegen. Niemand verrät,
wie er heißt. Einer sagt: Wir

haben dem Tod ins Näpfchen
geschaut. In seinem Kopf
ist Sprache ein Hitzebild, ein
Himmelsbild aus Qualm und

Em companhia

Nesta cabeça, linguagem é um
crime, que vale a pena encobrir
com requinte. Em algum lugar se
queima pão. Um pote de maionese

sobe a escada rolante da estação
central. Branco de banha justapõe
branco calcário, em tons de cinza.
Um amontoado de pães cintila,

formando um fundo sem foco.
As pombas agem de forma
quieta. Com o dedo no nariz
pessoas acompanham caladas

o evento atroz nas telas ao redor.
Nas imediações alguém tosse
de encontro ao fim. Obstruíram
todas as saídas de emergência.

Ninguém quer espalhar pânico.
Ninguém quer se mexer.
Ninguém revela o seu nome.
Um deles diz: olhamos

dentro dos potinhos da morte.
Na sua cabeça linguagem
é a imagem térmica, uma
imagem de céu de fumaça

Schweiß und Gespucktem und
Staub. Ein enger Himmel,
der nicht aufklaren kann.
Er sagt: Wir haben dem Tod

im Näpfchen gefingert. Wir sind
dem Tod ums Näpfchen
getappt. Die Sicherheitskräfte
geben die Haupthalle frei.

Es wird Asche zusammengekehrt
überall. Siedende Mayonnaise
hat niemand gesehen. Niemand
loderndes Kettenbäckbrot.

Schreib es auf, sonst mußt du es
am Ende noch erleben.
Draußen rauchen die Kinder.
Man möchte im Hellen nach Haus.

e suor e cuspe e poeira.
Um céu estreito, que não
consegue se abrir.
Ele diz: metemos os dedos

nos potinhos da morte.
Em volta dos potes rondamos
a morte de mansinho.
A segurança libera o saguão

principal. Cinzas amontoam-se
em toda parte. Ninguém viu
a maionese ebulindo. Ninguém
o pão de franchise em chamas.

Tome nota, senão ao final você
ainda terá que passar por isso.
Lá fora as crianças fumam.
Seria bom ir pra casa no claro.

November

Ich brauche morgens viel zu lange,
bis ich mich fremdgeschrieben
habe. Wimmerlich bin ich
und wettervergeßlich. Nachts

ging der Wind, ich lag und dachte
immerzu an meine Schuhe,
bedrängt und bang. Meine Zähne
sind mir zu klein. Ich kann noch

nicht lesen. Ich kann noch kein
Licht über den Dächern sehn.
Es ist viertel vor sieben. Mir
scheint, ich geriere mich heute

halb Honig, halb Einbauschrank.
Alles ändert sich rasch. Der
Himmel zeigt sich zuerst, tief
violett und flach. Von links zieht

ein rosafarbener Schimmer über
die Wand. Einen Augenblick
beißen sich Luft und Laub. Ein
Petroleumgrund, beschmiert mit

Wolkenstreifen. Dies wird ein Tag,
den man aufessen kann. Und
fragte mich das Laub, und fragte
mich die Wand, und fragten mich

Novembro

De manhã preciso de tempo
demais escrevendo até tornar-
me outro. Sou rangediço,
esquecido do clima. De noite

o vento corria, e eu deitado
pensava sempre em meus sapatos,
acossado e com medo. Meus dentes
são pequenos demais para mim.

Não posso ler ainda. Mal consigo
ver alguma luz sobre os telhados.
É quinze pra sete. Me parece
que me comporto hoje meio

mel, meio armário embutido.
Tudo se altera rápido. O céu
se mostra primeiro profundo,
violeta e raso. Da esquerda,

um brilho rosado se arrasta
sobre a parede. Por um instante
ar e folhagem se mordem. Um
fundo petróleo, borrado com

rastros de nuvem. Este será
um dia a se devorar. E a
folhagem me pergunta, e a parede
me pergunta, e meus sapatos

meine Schuhe und Zähne, fragten
mich auch der Honig, der Wind
und der Einbauschrank – meine
Antwort wäre ja. Ein paar finstere

Manuskriptseiten weiter wimmert
das Holz, wimmert Gestein,
die Haut verwimmert, wirft
Blasen. Ein giftgelbes nasses

Ahornblatt. Baum und Haus und
Himmel backen zusammen.
Ich hoffe, der arglistige Dämmer
zittert sich weg in den Mittag

hinein. Hier wohne ich morgens
um zwanzig vor acht. Ich zerstöre
noch ein Gedicht und mache
für heute Feierabend. Bis dann.

me perguntam e meus dentes me
perguntam também o mel, o vento
e o armário embutido – a resposta
seria sim. Um punhado de páginas

manuscritas mais tarde, a madeira
range, a rocha range, a pele
enrange, esparge bolhas. Uma úmida
folha amarelo-tóxica do ácer.

Árvore e casa e céu se
empapam. Espero que o
crepúsculo ardiloso se estremeça
afora meio-dia adentro.

Aqui eu moro, de manhã, às
vinte para as oito. Destruo
mais um poema e bato
por hoje meu ponto. Até logo.

Ginster

Der Tod ist ein Arschloch aus Strehlen,
er hockt dort, wo der Ginster
blüht. Ich seh ihn am frühen Morgen,
ich seh ihn an meinem Weg,

wie er mit seiner schwarzen Zunge
die Blüten des Ginsters berührt.
Die Kronblätter, die behaarten, ich sehe,
wie er sie leckt, und ich flüstere

bei jedem Schritt: Er will mich ja gar
nicht haben, er will mich ja
nur quälen, wenn ich zur Straßenbahn
gehe. Der Tod ist kein Mann,

auch kein Junge, die Gärtner haben ihn
gern. Sie geben ihm Wasser, sie
geben ihm Sand, sie geben ihm Licht,
sie geben ihm Stein, und ich

flüstere immer für mich: Halte dich
von den Gärtnern, halte dich von
den Heckenscheren und dem finsteren
Grinsen fern. Der Tod ist ein

Arschloch aus Strehlen, ich weiß es,
er hält die Gärtner in seiner
Gewalt. Er leckt immer dieselben
Stellen, das weiß ich, denn ich sehe

Giesta

A morte é um canalha de Strehlen,
é lá que se aninha, onde brota
a giesta. Eu a vejo de manhãzinha,
eu o vejo no meu caminho,

como com sua língua preta
resvala as flores da giesta.
As pétalas, as felpudas, vejo,
como as lambe, e sussurro

a cada passo: não sou eu
quem procura, ela quer apenas
me afligir a caminho do bonde.
A morte não é um homem,

nem um menino, os jardineiros
a adoram. E lhe dão água,
areia, lhe dão luz, lhe dão
pedra e eu sigo sussurrando

comigo: afasta-te
dos jardineiros, mantenha-te
longe dos corta sebes e dos
risinhos sinistros. A morte é um

canalha de Strehlen, eu sei, ela
mantém os jardineiros sob seu
comando. Lambendo sempre os
mesmos pontos, eu sei, pois toda

jeden Morgen, wie er seine steife Zunge
tief in die Ginsterblüten steckt.
Wenn ich morgens zur Straßenbahn
gehe, flüstere ich bei jedem Schritt:

Bitte nicht ich, nur bitte nicht ich, ein
Gärtner soll der nächste sein.
Denn wenn er mich einmal entdeckt,
dann weiß ich, er schleudert,

sobald sie reif sind, die Schleuderfrüchte
des Ginsters nach mir. Der Tod
ist ein richtiges Arschloch, er wechselt
niemals den Ort. Seine schwarze,

steife Zunge schleckt Ginsterblüten ab.
Der Ginster wird überwintern,
und ich, ich gehe ein. Nimm mich
fort. Nimm mich fort.

manhã eu vejo, como ela mete
a língua tesa no fundo dos brotos
da giesta. De manhã a caminho
do bonde, a cada passo sussurro:

Por favor, eu não, por favor, não eu,
que o próximo seja um jardineiro.
Pois se por acaso ela me descobre,
Então eu sei que ela lança,

uma vez maduros, seus frutos
de estilingue à minha busca. A morte
é um verdadeiro canalha, ela nunca
muda seu ponto. Sua língua preta

e tesa lambe as flores da giesta.
A giesta vai hibernar, e eu,
eu vou definhando. Leve-me
embora. Leve-me embora.

In der Lauschgrube

Ich warte auf niemanden. Ich bin
stumpf. Ich bin spitz. Und ich
sehe aus und ich rede wie Elvis in
seiner späten Gospelphase, nämlich

nicht. Ich bin der Frontmann von
Kommando Katzendarm, ich
sorge schon allein dafür, daß keiner
mit mir spricht. Ich singe nie

wieder von Cellophan. Denn meine
Eltern sind vollständig tätowiert
seit 2004, und ich bin ihr zweites
Kind. Wer humpelt da über die

Bühne, wer wickelt euch alle ein
mit seinem deutschen Arm,
und wer frißt sein Baströckchen auf
im Backstagebereich, das bin

ich, Kommando Schweineschmalz,
Kommando Schweinekamm,
ich sitze da mit breiten Beinen,
die ganze Bühne vollgekleckert

mit Ausdruckstanz, und ich erzähle
immer denselben frostigen
Witz, und ich kann Hitzeflausch,
ich bin im Selfiewahn, und ich

Na cova de escuta

Não espero por ninguém. Sou
obtuso. Sou pontiagudo. Pareço
e falo como Elvis em sua tardia
fase gospel, ou seja, não falo.

Eu sou o líder da banda
Comando Tripa de Gato, cuido
sozinho de que ninguém
fale comigo. Nunca mais

cantarei sobre celofane. Meus
pais são tatuados por inteiro
desde 2004, eu sou o segundo
filho. Quem pula ali sobre o

palco, quem enrola vocês
sem seus braços teutônicos,
e quem devora sua saia hula
hula no camarim, este sou eu

Comando Banha de Porco,
Comando Crista de Porco, eu
sentado ali, as pernas arriadas,
o palco inteiro lambuzado

pela dança expressionista e eu
contando sempre a mesma piada
frígida, falo peliça térmica, estou
sob o surto de selfies, e à noite

schlürfe Kondenswasser nachts aus
dem Mückensieb. Ich esse
meinen Fisch wieder mit Gräten.
Denn meine Eltern, die sind

tätowiert wie ich. Mit Namen und
Kreuzen und Pfeilen und
Namen. Es gibt Tage, da sehe
ich meine Eltern doppelt, denn

mein Humor heißt Hustensaft, ich
trage den Freundschaftsring,
ich zähle die Toten, und hinterher
bin ich so ungeheuer geschafft. Hier

in der Lauschgrube hocke ich dann,
nach dem letzten Krückenhieb.
Las Vegas. Die Sacropopjahre. Die
kleine Fischbude des toten King.

bebo da água que se condensa
na tela dos mosquitos. De novo,
como meu peixe com as espinhas.
Pois meus pais, são tatuados

como eu. Com nomes e cruzes
e setas e nomes. Há dias,
em que vejo meus pais
em dobro, pois meu humor

se chama xarope para tosse, levo
no dedo um anel de amizade, conto
os mortos e assim vou sendo
criado feito um monstro. Aqui

na cova de escuta me ponho de cócoras
após um último golpe de muleta.
Las Vegas. Os anos sagrados do pop.
A barraquinha de peixes do falecido King.

Betet für die dunkle Jahreszeit

Ich erwarte nichts. Ich bin glatt. Ich
bin fix. Und ich sehe aus und
ich fühle mich an wie die letzte
Paillette auf Elvis Presleys letzter

Fischbulette. Ich finde schon selbst
zurück in den Hobelspan, und
ich kann Gastropop, und ich kann
Pummeldeutsch, nur auf einer

Graustufe bleiben, das kann ich
nicht. Denn meine Eltern sind
von oben bis unten tätowiert seit
1904, und ich bin ihr zweites

Kind. Ein Unwetterhimmel mit
Sonnenlöchern am linken
Oberarm, ein quer über den Rücken
verlaufender Blitz. Stubenfliegen

mit weißem, und Stubenfliegen
mit schwarzem Hinterleib.
Vierbeinige Stubenfliegen, die der
Tornado gen Himmel treibt.

Meine Schulter ist ein Facettenauge,
den Schriftzug BETET FÜR
DIE DUNKLE JAHRESZEIT
trage ich auf der Brust. Hier

Rezem pela temporada escura

Não espero por nada. Estou liso.
Moído. E eu me pareço e me
sinto como um a última
lantejoula sobre o filet de peixe

de Elvis Presley. Sei encontrar
sozinho o sentido de volta à serragem,
e eu sei gastro-pop, e eu falo
o alemão dos gordinhos, ficar

em apenas um grau de cinza,
isso eu não sei. Pois meus pais
são tatuados da cabeça aos pés
desde 1904 e eu sou seu segundo

filho. Um céu de temporais com
brechas de sol no braço esquerdo,
um relâmpago atravessando
as costas. Mosca-doméstica

com traseiros brancos e moscas-
domésticas com traseiros pretos.
Moscas-domésticas com quatro patas,
levadas aos céus por um tornado.

Meu ombro é um olho de mosca,
a inscrição REZEM PELA
TEMPORADA ESCURA
levo sobre o peito. Aqui

steht ein Fliegenmensch unter dem
Sternenzelt, der sich ungläubig
den Saugrüssel reibt. Zwischendrin
Sacropopnoten, denn alles andere

wäre mir zu radikal. Und wer hoppelt
jetzt über die Bühne, das ist
der Gospelhase, und der frißt ein
Masthähnchen auf, nicht mal

angetaut. Ich bin der Frontmann von
Kommando Grubenhirn, ich
wickele mich ein in Schlangendarm,
Kommando Backenbart, ich singe

mit panischen Knochen und Fibern,
und für 2034 wünsche ich mir,
daß die alte Prophezeiung hält und
keiner in meiner Familie erfriert.

há um homem-mosca sob o
céu estrelado, esfregando
de forma incrível sua tromba.
Neste intervalo, notas de pop

sacro, pois todo o contrário
seria radical demais. E quem
pula agora sobre o palco, ele,
a lebre-gospel, devorando um

frango ainda congelado.
Eu sou o frontman do Comando
Miolo de Cova, me enrolo em tripas
de cobra, Comando Costeletas, canto

com ossos e fibras em pânico,
para 2034 desejo, que a antiga
profecia se cumpra e ninguém
da minha família morra de frio.

Tote Farben

In meiner Hasenzeit habe ich so häufig
mit Joseph Beuys geschlafen, ich
weiß wirklich nicht mehr, wann er
endlich schwanger war. Trächtig,

sollte ich besser sagen, denn wenn wir
zusammen waren, hatte er so
gar nichts von einem Schamanen. Seine
Gummistiefel standen im Flur.

Wenn er zur Tür hereinkam, hat er den
Pelzmantel gleich in die Ecke
geflammt. Niemand wußte von uns.
Wir wohnten in Flingern, wie

alle, die noch im Kaufmannsladen nach
Schmalz anstehn. Alteingesessene,
ein paar Medizinstudenten in der
Nachbarschaft. Altbau, versteht sich.

Küche brauchten wir nicht. Wir ließen
das Wasser laufen. Hier und
da ein Flokati in den weitläufigen
Räumen, Fleischwolke und fusselndes

Gruselfilmmaterial. Wir lebten knietief
in der Rammelwolle, und ich weiß
wirklich nicht mehr, wie viele Junge er
nach fünf oder sechs oder sieben

Cores Mortas

Em meu tempo de lebre transei
tanto com Joseph Beuys, que já
nem sei mais ao certo, quando
ele afinal engravidou. Prenhe

deveria dizer, já que quando
estávamos juntos, ele não tinha
nada de um xamã. Suas galochas
de borracha de pé no corredor.

Quando entrava pela porta,
lançava logo o manto de peles
num canto. Ninguém sabia de nós.
Morávamos em Flingern, como

todos que esperam na fila da venda
para comprar banha. Moradores antigos,
alguns estudantes de medicina
da vizinhança. Prédio histórico, é claro.

De cozinha não precisávamos.
Deixávamos a água correr. Aqui e ali
um flokati nos amplos cômodos, nuvens
de carne e películas de filmes

de terror em fiapos. Vivíamos
enfiados até os joelhos em novelos
de acasalamento, e de fato não sei
mais quantos filhotes, depois de cinco

Wochen warf. Aus Mandarinenkisten
vom Gemüsemann zimmerte ich
uns einen kleinen Stall. Wie er aussah,
wenn er schlief. Sie wissen ja,

wie es um ihn stand. Lange, bevor im
Rheinland die Rüeblitorte in Mode
kam. Einmal die Woche fuhren wir raus
nach Grafenberg. Manchmal hat uns

der Famulant von gegenüber geimpft,
bar auf die Kralle. Hier schuf er
seine schönsten Werke in toten Farben.
Grünkohl. Verdorbenes Kassler. Saure

Flecke. Ich habe sie alle verbrannt. In
meiner Hasenzeit. Unser
gemeinsamer Nachwuchs – ich glaube
mich zu erinnern, es waren zehn.

seis ou sete semanas, ele pariu.
Das caixas de tangerina do verdureiro
fiz para nós um pequeno estábulo.
Como se via, enquanto dormia. Vocês

bem sabem, como se comportava.
Muito antes do bolo de cenoura ficar
de moda na Renânia. Uma vez por
semana íamos a Grafenberg. Às vezes

o estagiário da casa à frente nos
vacinava, direto na pata. Aqui
ele criou suas mais belas obras em cores
mortas. Repolho verde. Kassler podre.

Tripas ensopadas. Queimei todas.
No meu tempo de lebre. Nossa
prole conjunta – acho que ainda
me lembro, chegava a dez.

Robbenträume

Wieder hast du den alten Robbentraum
geträumt, den man aus schlechten
Kinderbüchern kennt. Die halbe Nacht
wälzt du dich hin und her und siehst

mit deinen Weltallaugen zu, wie du dich
mühsam aus dem Wasser auf die
Sandbank schleppst, als wärst du schwer
verletzt. Du hörst dich jaulen. Nachher

weißt du nicht mehr bestimmt, bist du im
Traum die Robbe selbst, oder bist du
nicht doch das Badehosenkind, das sich
wie ein vergnügter kleiner schwäbischer

Faschist benimmt. Du siehst mit deinen
Tiefseeaugen zu, wie dieser Junge
rennt – ein ferner Punkt, der plötzlich
vor dir steht. Mit seiner Plastikschaufel

will er dir auf die Nase schlagen, aus
seinem Plastikeimer Sand dir in die
Augen streuen, jede Bewegung täuscht
er an, er macht das sehr gekonnt, mit

Badehosenkindern aus dem Binnenland
hast du Erfahrung. Gleich wird er
dir in die Tasthaare greifen. Dir zerbricht
der Horizont. Wo sind sie jetzt, die

Sonhos de foca

De novo aquele velho sonho de foca,
que se conhece de péssimos livros infantis.
A noite inteira você rola de um lado
pra outro e com olhos siderais

assiste como se levanta com esforço
da água e se arrasta até o banco
de areia, como se estivesse gravemente
ferido. Você ouve teu uivo. Logo

já não sabe mais ao certo, se você
no sonho é a foca ou se na verdade
é o menino em calção de banho, que
se comporta feito um suábio fascista.

Você assiste com teus olhos de lago
profundo, como este menino corre –
um ponto distante, de repente de pé
à sua frente. Com sua pazinha de plástico

ele quer te golpear no nariz, de seu
baldinho de plástico quer jogar areia
nos teus olhos, cada movimento
confunde, pra isso ele tem suas manhas,

você tem experiência com meninos
do interior em calção de banho. Logo
vai te agarrar nos bigodes. O horizonte
se rompe. Onde estarão agora as

Robbenfreunde? Wo ist die Robbenbank,
wo ist das Meer, der Himmel, wo
der Wind? Bist du Teil einer Kolonie,
die kein Erbarmen kennt? Genau in dem

Moment, in dem du denkst, du kannst
nicht mehr, verändert sich der
Ausdruck in seinem Gesicht, als klaffte
ihm eine Erinnerungslücke zwischen

Mund und Kinn, und du wachst auf,
bevor – die beiden schließen eine
tiefe Ferienfreundschaft, schwimmen
jeden Tag ein Stück hinaus, bis man

zum Sommerende traurig voneinander
Abschied nimmt – die zweite Hälfte
dieses alten, in Billigkinderbüchern
ausgemalten Robbentraums beginnt.

amigas focas? Onde está o banco
de focas, onde está o mar, o céu, o
vento? Você faz parte de uma colônia,
sem compaixão alguma? Neste

exato instante, no qual pensa não
aguentar mais, a expressão no rosto
dele se altera, como se uma fenda
de lembranças entre a boca e queixo

se abrisse e você acorda, antes que –
os dois selam uma amizade de férias,
nadam todos os dias um pouco
mais longe, até que no fim do verão

tristes se despedem um do outro –
a segunda parte deste velho
sonho de foca, imaginado nos livros
infantis mais baratos, comece.

Der Mann mit dem schiefen Maul

Ich breche auf. Ich reise ab. Ich
lasse mir die Lippen richten.
Nicht auf der Kö, nicht auf der Zeil,
nicht in Bad Homburg vor der Höhe,

nicht in Bad Soden, nö – in Graz.
Weil ich ein echter Dichter bin,
wenn leider auch, wie man mir sagt,
mit einem losen Mund geschlagen.

Mit einem schiachen, heißt das ja,
man guckt mich an und denkt
sich: Fratze. Als klebte mir das
Tannenharz mein schiefes Maul

am Rand zusammen. Ich fand nen
Arzt, der sich auf seine Kunst
versteht, ein guter Mann, der so wie
ich die Schönheit lebt. Ich kenn

mich aus mit Chirurgie – und nicht
zu knapp. Jetzt hört euch an,
wies mir ergeht seit der OP: mies,
mies, mies, mies. Und noch mal

mies. Getackert hier, da aufgespritzt,
daß ich nicht weiß, ob mir am
Kinn oder am Ohr mein Mundloch
sitzt. Die rechte Hand sucht auf der

O homem com o focinho torto

Eu vou embora. Parto em viagem.
Deixo que os meus lábios me guiem.
Não pela Kö, não pela Zeil, não
em Bad Homburg vor der Höhe,

ou em Bad Soden, não – em Graz.
Pois sou um verdadeiro poeta,
embora, infelizmente, como dizem,
marcado com uma boca solta.

Uma hedionda, quer dizer, sim,
quando me olham, pensam
consigo: uma careta. Como se resina
de abeto colasse meu focinho

torto pelas beiradas. Mas encontrei
um médico, que conhece a
sua arte, um bom homem, que
como eu vive a beleza. Entendo

bem de cirurgias – e não é
pouco. Agora escutem vocês, como
desde a operação me sinto: mal
mal, mal, mal. E uma vez mais:

mal. Grampeado aqui, picado ali,
tanto que não sei, se o rasgo
da minha boca está no queixo
ou na orelha. A mão direita busca

Stirn, die linke faßt mir an den Hals,
ich weiß nicht, was sagt der
Verstand, ich weiß nicht, was sagt
mir der Sinn. Um mich herum ists

totenstill. Schwester Katjuscha von
der Wachstation gibt sich ziemlich
zerstreut, sie überfliegt den
Mediplan und wirft zur Nacht

Tabletten aus, wirft zielgenau ins
niegelnagelneu gemachte
Schnäuzchen. Au. Alles noch schwer
geschwollen hier um meine zarte

Mundpartie. So daß ich nicht das
kleinste Wort mehr reden kann.
Darum erzähle ich euch dies
mal besser gleich. Man weiß ja nie.

pela testa, a esquerda toca-me
a garganta, não sei, o que diz
a razão, não sei, o que diz
o sentido. À minha volta silêncio

sepulcral. A irmã Katjuscha do
posto de vigilância parece bastante
distraída, sobrevoa o formulário
de medicação e à noite lança

comprimidos, lança-os com pontaria
exata pra dento do focinho novo
em folha. Ai. Tudo ainda muito
inchado aqui em volta da minha

suave parcela de boca. Tanto que não
consigo dizer a mais breve palavra.
Por isso conto a vocês isto tudo
logo de uma vez. Nunca se sabe.

Buchstaben

Sag mir, was Buchstaben sind.
Unentwegt glotzen die Bäume
zum Fenster herein. Eine Esche. Eine
Eiche. Eine Eibe. Notiere

nichts. Halt dich aus allem raus.
Sende keine Depeschen. Ruf
zweimal die Woche beim Bestatter an.
Nachts wird es heller. Man

kann Leute so gut mit Holz wie mit
Plastik erschlagen. Sag mir,
was Buchstaben sind. Du brauchst
eine Bleibe. Erwarte den

Detektiv. Gesellschaft ist ein Zeichen
von Schwäche. Erwarte
das Wesen, das in deiner Schublade
wühlt. Mach dir Sorgen.

Wozu brauchst du einen Spaten. Du
hast zwei gesunde Hände
zum Graben. Auch Obst brauchst du
nicht. Du bist keine Chanteuse.

Warte ab. Warte bis morgen. Laß dich
von den Bäumen da draußen
beglotzen. Sie werden schon sehen.
Schreibe nicht. Sag mir nur,

Letras

Diga-me o que são letras.
Árvores olham descaradas
janela adentro. Um freixo. Um
carvalho. Um teixo. Não anote

nada. Mantenha-se fora de tudo.
Não envie telegramas. Ligue
pra funerária duas vezes por semana.
À noite clareia. É possível

espancar pessoas tanto com pau,
quanto com plástico. Diga-me,
o que se são letras. Você precisa
de um teto. Espere o detetive.

Companhia é um sinal
de fraqueza. Aguarde
a criatura que revira em
suas gavetas. Se preocupe.

Pra que você precisa de pá. Se
tem duas mãos saudáveis
pra cavar. De frutas também não
precisa. Você não é nenhuma chanteuse.

Espere. Espere até amanhã. Deixe
ser espreitado pelas árvores
lá fora. Elas logo verão.
Não escreva. Diga-me apenas,

was Buchstaben sind. Kann sein, ein
Baum erschlägt einen
andern. Räume das Feld. Laß den
Müll da. Laß den Küstenwind. Laß

deine mürben Knochen. Verharre. Der
Sohn ist der Vater, der Vater
ein Geist. Koste nicht von der Esche,
der Eiche, der Eibe, aber sag mir,

was Buchstaben sind. Löse dich von
deinen Vorlagen. Sprich schneller.
Niemand hier muß verstehen,
was du sagst. Wer würde dir denn eine

Knarre besorgen. Frag nicht, ob du
willkommen bist. Was in dir
singt, geht keinen Menschen etwas an.
Die Buchstaben glotzen. Bleibe.

o que são letras. Pode ser, uma
árvore surra a outra. Limpe
o campo. Deixe o lixo ali.
Deixe o vento litoral. Deixe

teus ossos tenros. Persista.
O filho é o pai, o pai
o fantasma. Não prove do freixo,
do carvalho, do teixo, mas diga-me

o que são letras. Se desfaça
de seus padrões. Fale mais rápido.
Ninguém aqui precisa entender
o que você diz. Quem te arranjaria

uma pistola. Não pergunte se
é bem-vindo. O que em você
canta, não diz respeito a ninguém.
As letras encaram. Fique.

Dämonenräumdienst

Bin jetzt in einem anderen Wald und muß
mir nichts erzählen, nichts mehr
erzählen, nichts, in diesem Lärchenwald,
in dieser Märchenwelt. Hier auf der

Lichtung äsen die Scheinhirsche, hier finden
sich Dämonen ein, um gemeinsam zu
weinen, und hier machen die Pferdchen Halt,
in Miniaturgestalt, im Märchenwald

ist es zu kalt, denn da hängt die Blutkirsche
neben der Blutkirsche in meiner
Wutnische, ich höre schon, ich knirsche.
Ich höre, tief im Märchenwald, da knarrt

das Haar. Bin jetzt in einer anderen Welt, in
einer Härchenwelt, in einer Lärchenwelt,
ich muß mir nicht und ich muß niemandem
erzählen, wie sich die Blutkirschen

dort türmen in der Glutnische, wie sie sich
wandeln zu einer kleinen Kirschenasche,
zu einem Sack voll Kern- und
Aschekirschen, und muß nicht mehr

erzählen, wie sich die Taschenwürze ganz
von allein verstreut, ganz von allein
verteilt unter den Steinhirschen, dort tief im
Märchenwald, in einer anderen Welt, von

Serviço de limpeza de demônios

Estou agora em outra mata e não tenho
que me contar nada, não preciso contar história
alguma, nada, nesta mata de alerces,
neste mundo de fábulas. Aqui na clareira

pastam embustes de veados, aqui se
encontram demônios, para chorar juntos,
e aqui os pôneis fazem sua paragem,
em miniatura, faz frio demais

na mata de fábulas, pois ali a ameixa
sanguínea pende ao lado da ameixa sanguínea
em meu nicho de raiva, eu já ouço, eu ranjo.
Escuto no fundo da mata, ali o pelo

range. Estou agora num outro mundo, num
mundo de pelinhos, de alerces, não tenho
que me contar nada, nem a ninguém,
como as ameixas sanguíneas se empilham

no nicho de brasa, como se transformam
num cinzeiro de ameixas, num saco
cheio de ameixas de caroços e cinzas,
e eu não preciso mais contar,

como o tempero de bolso se dispersa
sozinho, totalmente sozinho
espalhado sob os veados-da-rocha, lá
no fundo da mata, em outro mundo,

der man nicht erzählt, von der man auch
nicht weiß, ob sie einem gefällt, und
was die Taschenwürze da so lange Zeit in
ihrer Tasche hält, und was die Wut in ihrer

Nische, und was das Haar, das tief im Wald
knirscht, wo die Natur knarrt, während
ein stummer Kirschkernjäger durch die Kälte
pirscht. An seinem Schritt hört man, es ist

der jüngere, oder der ältere, doch davon weiß
man nichts, davon erfährt man nur, wenn
der Dämonenräumdienst über den Wald herfällt,
über die Lichtung jagt und die Dämonen

stellt, in welche Richtung, frag ich mich, trag
ich den Sack voll Kirschen, wenn ich dann
heimknirsche, daß ich zurückfinde, in meine
Märchenwelt, von der kein Mensch erzählt.

sobre o qual não se conta, sobre o qual
também não se sabe, ou se agrada a alguém,
e o que o tempero de bolso leva por tanto
tempo em seu bolso, e o que a raiva em seu

nicho, e o que o pelo, rangendo fundo
na mata, onde a natureza ringe, enquanto
um calado caçador de caroços de ameixas
ronda sorrateiro no frio. Em seu passo

se escuta, é o jovem, é o velho, mas sobre
isso nada se sabe, sobre isso sabemos só
quando o serviço de limpeza de demônios
passa pela mata, caça na clareira e expulsa

os demônios, em que direção, me pergunto,
levando o saco cheio de ameixas, se ao voltar
pra casa rangendo, acharei o caminho de volta
pro meu mundo de fábulas, do qual ninguém conta.

Verben

Meine Eltern kauften mir eine Schachtel
Verben, sie kauften mir ein Paar
zusammengebundene Schuhe, eine
Pelzkappe und einen grauen

Kammgarnmantel mit warmem Kragen
dazu. Die Puppenruhe setzte ein.
Es begann zu schneien. So zog ich
mich in mein Zimmer zurück und

habe sie seither nicht wieder gesehen.
Meine Eltern kochen sich Tee. Sie
schmieren sich Brote, ohne etwas zu
sagen. Sie schauen fern, ohne Ton.

Abwechselnd laufen die Krebsstation
und Doktor Schiwago. Meine Eltern
ziehen die Brauen zusammen.
So viel leuchtenden Schnee auf einmal

kann niemand ertragen. Sie halten die
Klappe. Sie lassen das Wasser
fürs Sonntagsbad ein. Meine trockene,
struppige Zahnbürste betrachten

sie ohne Klage. Was ihnen auch in die
Finger gerät, sie wollen es taufen.
Alle zwei Wochen schieben sie mir eine
Handvoll Substantive unter der Tür

Verbos

Meus pais me compraram uma caixa
de verbos, me compraram um par
de sapatos amarrados, um gorro
de pele e um casaco cinzento

de lã penteada com gola forrada.
A calma de crisálida se instala.
Começa a nevar. Então me recolho
de volta ao meu quarto e a partir

deste ponto não os vejo mais.
Meus pais fazem chá. Besuntam
fatias de pão, sem dizer palavra.
Assistem a tevê sem volume.

Na tela se revezam o Pavilhão
de Cancerosos e Doutor Jivago.
Meus pais franzem as testas.
Tanto brilho de neve de uma vez

só ninguém suporta. Fecham
a boca. Deixam correr a água
do banho dominical. Minhas
escovas de dentes eriçadas

os observam sem reclamar. O que cai
em seus dedos, vão querer batizar.
De duas em duas semanas me empurram
um punhado de substantivos porta

herein. Verben sind Eiweiß, Adjektive
sind Zucker, Substantive bilden
das Exoskelett. So lerne ich meine
Vokabeln. Ich zähle Verben. Ich zähle

Lebende. Ich buchstabiere Tote. Ich bin
null Tage alt. Ich bin betagt. Ich bin
ein Winterinsekt. Ich weiß noch nichts
von meiner kommenden Gestalt.

Die Eltern halten sich bedeckt. Selbst
sie könnten meine Imago nicht
beschreiben. Der Sohn lebt in der Stille,
er lebt im Warmen, er lebt in derben

Insektenbildern. Meine Eltern kauften
mir einen Kammgarnmantel mit
Kragen, eine Pelzkappe, ein Paar
Schuhe und dazu eine Schachtel Verben.

abaixo. Verbos são proteína, adjetivos
açúcar, substantivos formam
o exoesqueleto. Assim aprendo
meus vocábulos. Conto verbos. Conto

os vivos. Soletro mortos. Tenho
zero anos de vida. Sou ancião. Sou
um inseto de inverno. Ainda não
sei nada de minha forma futura.

Meus pais se mantêm encobertos.
Descrever minha imago nem mesmo
eles sabem. O filho vive em silêncio,
ele vive no calor, vive em imagens

vulgares de insetos. Meus pais
me compraram um casaco de lã
penteada com gola, um gorro de pele,
um par de sapatos e uma caixa de verbos.

Limbo

Ein Summen unterm Aprikosenbaum.
Ich klatsche in meine tränennassen
Hände. Und ich weine auf
meine gelbe Schreibmaschine, und

Billie Holiday weint auf ihre gelbe
Schreibmaschine, so wie Ingrid
Bergman auf ihre gelbe
Schreibmaschine weint, den ganzen

Tag, und Inger Christensen. Wir sind
noch da. Keiner erfährt, was
wir erleben. Die stummen Lettern.
Die Dialektschreibmaschine mit ihren

von unseren Tränen ganz verdreckten
Tasten. Wir sitzen hier am
Tisch. Das rechte Augenlid bewegt
sich leise auf und zu und zirpt.

Wenn wir so weiter weinen, geht uns
bald das Papier zur Neige. Liv
Ullmann, die Aprikosenfrau und
ich über den naßgeweinten

Schreibmaschinen. Wenn wir uns von
unserem Platz erheben, wickeln
wir uns das Farbband um das
Handgelenk. Wir gehen alle krumme

Limbo

Um zunzum sob o pé de damascos.
Bato as palmas das mãos molhadas
de lágrimas. E choro sobre a
minha máquina de escrever amarela,

Billie Holiday chora sobre sua
máquina de escrever amarela, como
Ingrid Bergman sobre sua máquina
de escrever amarela, o dia todo,

e também Inger Christensen.
Estamos ali ainda. Ninguém sabe
o que vivemos. As letras mudas.
A máquina de escrever dialetos,

com suas teclas encardidas de
lágrimas. Estamos aqui, sentados
à mesa. A pálpebra direita se move
quieta, abre e fecha, e chia.

Se continuarmos chorando,
logo nos faltará papel. Liv
Ullmann, a mulher-damasco e
eu sobre as máquinas molhadas

de choro. Se de nosso lugar
levantarmos, enrolamos a fita
vermelha envolta do pulso.
Andamos todos por caminhos

Wege. Ich frage mich, was mahle ich
mit meinen Elefantenzähnen,
was soll ich denn mit meinen
morschen Elefantenzähnen mahlen,

wenn nicht, wenn nicht das Stroh und
weichgekochten Reis und
ein paar Tannenzweige. Wir drehen
eine Runde. Wir wissen um

den hohen Preis, den wir für unsere
gelben Schreibmaschinen zahlen.
Gemeinsam wischen wir hier
alle Viertelstunde den Angstschweiß

von den Wänden. Dann treffen wir
uns draußen wieder, unter
dem Aprikosenbaum. Ein Summen.
Als wären wir wie sie. Insekten.

tortos. Me pergunto, o que moo
com meus dentes de elefantes,
o que devo moer com meus
dentes de elefantes cariados,

se não, se não a palha e
o arroz empapado e alguns
galhos de pinheiro. Damos
uma volta. Sabemos do alto

preço que pagamos pelas nossas
máquinas de escrever amarelas.
A cada quinze minutos limpamos
juntos aqui o suor de medo

nas paredes. Então nos encontramos
de novo lá fora, embaixo
do pé de damascos. Um zunzum.
Como se fossemos eles. Insetos.

Meine Tintenstimme

Man muß die Hände in Tinte
waschen, gurgeln mit
Tinte muß man. Die Lippen
sind schwarz, sind lila,

sind blau. Die Zähne hinter
der Schrift. Ich hänge
die Zunge tief ins Tintenfaß,
ich hänge meine Hände

ins Maul. Ich werfe mir die
Schnipsel selber in den
Rachen. Hinter der Schrift
ist noch Raum, hinter

der Schrift ist immer noch
Raum. In meinen
Backentaschen staut sich
Tinte auf, staut sich

die bebende, staut sich die
schäumende schwarze
Schrift. Diesen Raum muß
ich öffnen, sonst kleben

die Schnipsel nur wieder
wie alter Fraß an den
Wänden, wie zerkaut und
drangeschmissen und

Minha voz de tinta

É preciso lavar as mãos
em tinta, é preciso gargarejar
com tinta. Os lábios
estão pretos, estão roxos,

estão azuis. Os dentes atrás
da escrita. Eu penduro
a língua até o fundo do tinteiro,
enfio minhas mãos

na goela. Lanço tiras
de papel na minha própria
garganta. Detrás da escrita
há espaço ainda, detrás

da escrita segue havendo
espaço ainda. Nas minhas
bochechas se acumula
tinta, se acumula

a trepidante, se acumula a
espumante e preta
escrita. Este espaço eu tenho
que abrir, caso contrário

as tiras grudam outra vez
como velha papa nas paredes,
mastigadas, arremessadas
e mais uma vez

wieder zerkaut. Wieder mal
bin ich haarscharf
vorübergegurgelt am alten
Tintenglas, du weißt

es ja, am Tintenfraß. Schrift
und Eisen, Schrift und
Wiesenschaum. Vom vielen
Schreiben färbt sich

mir das Zahnfleisch blau.
Und ihr, hört auf,
hört auf, Schrift, Schnipsel,
Rachen, Rost und

Zahn und Laub. Laßt Zunge
Zunge sein. Meine
Tintenstimme zielt abwärts,
sie zielt genau.

mastigadas. De novo passei
por um triz gargarejando
junto ao velho copo
de tinta, você bem sabe,

pela papa de tinta. Escrita
e ferro, escrita
e espuma-do-campo. De tanto
escrever minhas gengivas

se tingem de azul.
E vocês, parem,
parem, escrita, tiras,
garganta, ferrugem e

dente e folhagem. Deixem
a língua ser língua. Minha
voz de tinta mira pra baixo,
mira com exatidão.

"A voz permanece alheia, a voz segue em movimento"

CAN U HEAR ME diz um dos versos do primeiro livro de poemas de Marcel Beyer[1], instaurando assim uma poética feita de vozes próprias e alheias, ruídos, *scratchs* e sobreposições de rastros, fragmentos e relíquias sonoras. Diante destes textos somos relembrados de que o primeiro órgão sensorial de um poeta é, na verdade, o ouvido. A forma como o autor integra nos seus poemas citações, frases e aforismos deve-se frequentemente às sugestões e aos efeitos estimulantes presentes em sua sonoridade. São os sons de aparelhos sonoros, bem como das memórias da fala, ecos da música pop combinados com os da poesia medieval, clássica e moderna que fazem desses textos uma sobreposição de canções de todas as épocas. Em sua leitura somos convidados a melodias e ritmos do poeta reggae Linton Kwesi Johnson, frases musicais do trágico trombonista jamaicano Don Cosmic, ao som abafado dos porões de onde ecoam canções populares alemãs, assim como à escuta de dialetos, estrangeirismos e combinações inusitadas e ao mesmo tempo refinadas de uma ópera de vozes.

Como se descobre na leitura de seus poemas, a obra de Marcel Beyer não se limita a uma só voz. E aí está mais uma das qualidades surpreendentes desta obra: Beyer não é só capaz de dar voz ao íntimo e ao autobiográfico como também a personagens históricos que ora assumem, ora se infiltram e se misturam com a própria voz do poeta, construindo assim uma atmosfera pessoal e cultural em constante diálogo empático entre si e o outro. Aqui descobrimos Joseph Beuys, ali a cantora de *chansons* alemã Hildergard Knef ou o poeta suíço

1 *Kleine Zahnpasta* (1989).

Robert Walser, então Günter Eich, mais adiante Georg Trakl, os irmãos Grimm ou Leni Riefenstahl, Sergei Eisenstein ou Elias Canetti e até mesmo Elvis Presley. E esse conjunto de vozes parece trazer-nos repetidamente e de formas sempre novas à reflexão sobre o ato da escrita. Afinal, como sugere um dos versos do poema que intitula esta seleção, a linguagem destes poemas está empapada de tintas, está tão tingida pela voz alheia, que já não sabemos de que boca ela sai, ou se, como diz outro poema desta seleção, depois de grampeado, costurado e atado, o rasgo desta boca se encontra no mesmo lugar.

Em janeiro de 2023, soube que Beyer faria uma leitura sobre literatura e música na Universidade Humboldt em Berlim. O poeta é conhecido pela forma que atua em leituras assim como pelo fato de adicionar elementos de discotecagem em suas performances. Com breves anedotas e um tom bem-humorado que o aproxima rapidamente do público, pausas artísticas e uma mudança na voz quando começa a ler um poema, o autor domina a atuação literária como poucos poetas atualmente. Intitulada "A voz permanece alheia. A voz segue em movimento", a leitura em Berlim resumia um dos pontos centrais de sua poética. Acompanhado de um toca-discos, no qual o poeta apresenta uma série de canções estrangeiras que formam um excurso musical e poético de influências históricas, ele abre sua palestra acentuando que a sua voz falada é diferente da sua voz de leitura. A minha voz de conversa é diferente da minha voz de monólogo, ele diz. E segue entre o ensaio e a poesia: "A minha voz presente nesta sala é diferente da minha voz de telefone. A minha voz de rádio é diferente da minha voz cumprimentando o técnico de som. A minha voz de caixa de supermercado à tarde é diferente da minha voz de bar à noite. E a minha voz da sexta-feira passada, num funeral no cemitério de Tolkewitz, em Dresden, terá sido diferente da minha voz nesta quinta-feira, aqui na universidade em Berlim. Uma gravação de todas estas vozes, se fosse reproduzida enquanto eu falasse, provavelmente resultaria numa imagem completamente diferente de minhas vozes." O problema criminalista relacionado à autenticidade ou falsidade de uma voz, ou seja, a questão da verdade ou falsidade, não desempenha papel algum ao examinarmos algumas destas vozes, salienta o poeta. Estas vozes são, sim, únicas, mas não, não são autênticas. Ou dito de outra forma: ninguém seria mais autêntico do que um imitador de vozes, sobretudo quando ele não faz uso da laringe, mas da siringe, ou como se poderia traduzir do alemão, da assim chamada "cabeça vocal".

O autor interrompe sua fala e ergue até a altura do rosto a capa de um disco de vinil. "Beauty and the BRUTE FORCE" lemos no canto inferior direito. Cuidadosamente ele puxa o disco da capa, encaixa-o na vitrola e maneja o braço da agulha. O batuque de um bombo. Wa-oo-oo, wa-oo-oo, Wa-oo wa-oo wa-oo wa-ay. A voz de Mona Baptiste preenche a sala de conferências da universidade. *Calypso Blues*. Na minha cabeça surge a imagem de um dos personagens memoráveis de Beyer: Hermann Karnau, o engenheiro de som e pesquisador de vozes encarregado da concepção e manutenção de todo o aparato acústico e sonoro da máquina de propaganda do partido nazista na Alemanha dos anos 1940. Na primeira parte de *Flughunde* (1995), romance traduzido em 1997 nos EUA como *The Karnau Tapes*, mas cujo título original refere-se a um tipo de morcego conhecido como raposa-voadora devido à forma canina do seu focinho, Karnau descreve em primeira pessoa como ele ajusta os microfones e caixas de som para um discurso de Joseph Goebbels diante de mutilados e inválidos veteranos de guerra. Um grupo de cegos e de surdos-mudos que acompanha o discurso do ministro conduz Karnau a uma memória da infância, um morcego que sobrevoa a sala de aula desesperado por uma saída rápida da algazarra de alunos que tentam apanhá-lo, uma imagem que a partir de então não o abandona e se cristaliza como principal metáfora de todo o romance.

Foi através deste livro, que de modo brilhante narra a história de ascensão do nacional-socialismo na Alemanha através dos avanços técnicos do som e de sua contribuição para a propagação da voz, que tive meu primeiro contato com a obra de Marcel Beyer. A sua poesia fui descobrir somente alguns meses depois através da obra do poeta Thomas Kling. Eu estava fascinado por Kling, por suas instalações poéticas, por seus ensaios sobre poesia e por boa parte de sua biografia, mas nunca cheguei perto do impulso para traduzi-lo. A arte da tradução também tem destas coisas: nem tudo que amamos podemos traduzir, alguns amores permanecem monolíngues. E é bom que seja assim. Mas este não foi o caso do efeito da poesia de Beyer. O primeiro contato com seus poemas despertou em mim um impulso imediato para a tradução. Eu tinha a impressão de que, onde terminava a poesia de Kling, começava a de Beyer. Foram amigos, viveram em constante troca literária, escreveram juntos. Depois de sua morte, foi Beyer quem organizou as obras completas do lendário poeta, publicada em 2020 pela editora Suhrkamp. A linguagem pungente da poesia de Kling, o ferrão de suas vespas contra toda forma da poesia simétrica, bem-comportada e funcionária das abelhas, continuavam mais vivas, eloquentes e traduzíveis do que nunca nos textos de Beyer. Não por acaso minha primeira tradução de Beyer foi a de um poema de evocação às vespas, "Vespa, venha" publicada pela primeira vez em 2018 e agora revisada e incluída nesta seleção. "Vespa, venha a minha boca,/faça-me língua por dentro/e por fora. Faça-me algo/na garganta" dizem os primeiros versos de uma poética à procura da ferroada, da pontada de uma agulha sobre a língua.

É justamente esta a sensação de leitura que dominam os poemas que compõem esta seleção. A língua ferroada que alheia e põe a voz em movimento pertence para mim a uma postura de Beyer diante do trabalho com a linguagem que se encontra entre a de um fonógrafo e um arqueólogo do som. O fato intrigante de a invenção deste dispositivo, na segunda metade do século XIX, ter pela primeira vez separado a voz humana do corpo que a carrega parece voltar à tona em vários momentos de sua obra. Não são poucas vezes que vemos nestes poemas as agulhas do fonógrafo em atrito com o texto, arranhando ou alfinetando as vozes que o atravessam. Esta metáfora já parece estar anunciada em seu primeiro romance. Quase todos trazemos cicatrizes nas cordas vocais, reflete Karnau em certa altura diante de seu toca-discos. Raras são as vozes neste mundo que não têm cicatrizes. Elas marcam um índice de nossas experiências acústicas, assim como um índice de silêncios. Se pudéssemos uma única vez tocar estas cordas, sonha Karnau, lá encontraríamos a indecifrável história de nossa voz. Karnau ajusta a agulha sobre a margem do disco e escuta. Crepitação. A agulha trilha um caminho sobre a goma-laca, toca o disco num contato doloroso, raspando a superfície preta de seus sulcos a cada volta um pouquinho mais, como se assim procurasse cavar até regiões mais profundas, chegar à origem do som. Ao mesmo tempo que a cada volta o disco se torna mais leve, ou seja, perde materialidade, somos lembrados que para transformar som em matéria e matéria de volta em som, também outras formas de vida deram sua contribuição para esta mistura prensada de resina, fuligem e secreção da cera de insetos. Resina, cera e fuligem. Fuligem. Primeiro a cor preta, a noite e o breu, e somente depois disso as faixas de sons são inscritas na superfície do disco. Diferentemente da escrita ou da pintura, sobre cujo suporte a tinta é aplicada sem que seja necessário machucar sua superfície, é apenas arranhando o disco que a agulha traduz materialidade em som.

Na composição de seus poemas, a abordagem que o poeta parece ter encontrado para transformar essa materialidade ou mesmo arranhar a linguagem se parece com uma abordagem arqueológica. Mas seus achados linguísticos não são encontrados somente nos sítios arqueológicos da linguagem escrita, como também da linguagem viva e falada nas várias regiões da língua alemã. Nascido em 1965 em Tailfingen, no Sul da Alemanha, Beyer passou a juventude entre o norte e o oeste do país até começar seus estudos em literatura. Como estudante passou uma temporada em Viena, onde esteve muito próximo de Friederike Mayröcker, poeta que marcou uma influência decisiva em sua poesia, e a partir de 1996, mudou-se para Dresden, onde vive até hoje. A passagem do poeta por essas regiões não passa desapercebida em sua obra. A geografia de uma língua marcada por dialetos regionais, sobrecarregada por substratos nacional-socialistas e uma vez politicamente dividida entre leste e oeste é incorporada por Beyer em sua poesia com sutileza e maestria. Em seus poemas o autor encontra uma forma convincente de decantação da palavra, propiciando a ela configurações improváveis, originais, através das quais é inevitável pensar no quão heteróclita e plural resulta a língua e a cultura deste autor.

Esta seleção procura justamente apresentar alguns destes aspectos da obra de Beyer. Composta por quatro de seus livros de poesia mais conhecidos na Alemanha, as traduções a seguir cobrem um período de publicação que se inicia em 1997 e vai até o ano de 2020. Já em *Forro Falso* (1997), cujo substantivo alemão "Futter", significa tanto forro como ração para animais, se evidencia a sutileza dos jogos polissêmicos e das imagens ambivalentes com que se ocupa o poeta. Neste livro, a forma como o poeta se põe à espreita dos sons e vozes à sua volta adquire contornos nítidos. Aqui o leitor é convidado a se sentar à mesa com veteranos de guerra, ouvir histórias de batalhas e da cidade de Viena nos anos 1930. O forro falso de uma cosmovisão estabelecida da realidade entre o passado e o presente é contemporizado. E em alguns poemas, como em "Fotorrealismo, Piquenique", nota-se como o poeta não é mero protocolante da História, enquanto em outros poemas, como em "O açúcar precoce, Berta", "Olhos escuros" ou "Azul vindouro", é o biográfico que atravessa a memória coletiva. É a lembrança de uma linguagem hereditária ou do lugar de origem que dão o tom destes poemas, nos quais o biográfico parece sempre vir a contrapelo da História. Até mesmo um pote de graxa de uma antiga marca alemã, Froschfett, parece pôr o leitor diante da busca de uma linguagem que ultrapasse a língua familiar já desgastada, tão consumada e quebradiça como esta velha graxa que, mesmo depois de tanto esforço da flanela, já nem mesmo é capaz de polir o desbotado.

Forros, tecidos, sapatos, agulhas e costuras são motivos recorrentes da poesia de Beyer. Eles atravessam seus livros como materiais, superfícies e texturas à serviço de uma metafórica que se estabelece definitivamente a partir de seu segundo livro de poemas, *Geografia* (2002), no qual a poesia de Beyer parece seguir uma nova direção formal. Ao contrário do livro anterior, cujos poemas consistem, na sua maioria, num bloco de meia página a três quartos de página, os poemas transformam-se aqui em sequências ou ciclos de várias páginas, cujos versos curtos e longos estão dispostos, em estrofes de três a quatro linhas. Um tom épico de base se alterna com a montagem (ou costura) que visa o instantâneo ou a simultaneidade de elementos díspares. "Um amontoado de imagens quebradas", como diz um dos versos de *The Waste Land* de T.S. Eliot, do qual Beyer incorpora de forma lúdica uma citação no longo poema "Padrão da Alemanha Oriental".

Esse amontoado de imagens quebradas costuradas pelo autor com a agulha de um fonógrafo se torna evidente em poemas como "Pontadas", "Forro de fuinhas" ou mesmo no longo poema "Filme de animais da Alemanha Ocidental" e se intensifica em seu próximo livro *Grafite* (2014), no qual a atenção do poeta parece voltar-se para os limiares não só da acústica, mas da materialidade de tudo que o cerca. Neste caso, seus poemas emulam ao mesmo tempo jogos de luzes e movimentos de câmeras através de registros sonoros e uma constelação de composições lexicais que nos textos de qualquer outro poeta soariam artificiais. O livro todo parece praticar uma poética de revestimento sinestésico múltiplo num cruzamento de fronteira intermedial entre texto, som e imagem. No poema que abre esse volume, por exemplo, o leitor se depara com uma superfície artificial de neve composta por tons e sobretons, tantos sonoros como visuais, que o arrancam para a cidade natal do mestre das neves Thomas Kling e o recuam para o ano das filmagens de *Alexander Newskii* de Sergej Eisenstein, o mestre da montagem. O tom da neve branca produzida artificialmente para um filme do cineasta russo resulta, como diz o poema, na cor grafite, que se arrasta, na beira da pista de neve e gelo, como rastro de sombra através da imagem e dos séculos. E como no caso do disco do fonógrafo, este rastro também é marcado por ruídos captados pelo poema. Entre a memória do "mestre da neve" e do "mestre de montagem", Beyer dá forma a uma arte liminar entre poesia e escritura que caminha sempre pelas beiradas sem cair nas dicotomias do modernismo.

O grafite, cuja particularidade material está diretamente relacionada com o ato da escrita, se arrasta por todo o livro como base tonal e valor estético da presença. No poema "Tuas sílabas Grimm", esta zona da linguagem se torna visível na incorporação de entradas lexicais retiradas diretamente do dicionário compilado pelos irmãos Jacob e Wilhelm Grimm. Fazendo isso, o poeta traz à tona uma dimensão poética de palavras reunidas no projeto de dicionário iniciado pelos irmãos filólogos em 1838, e acentua uma abordagem da língua contrária a qualquer ideia de purismo e de transcendência. Estamos aqui diante mais da materialidade gráfica e sonora da linguagem que do sentido. No limiar do sentido, essas palavras sugerem, evocam, mais do que simplesmente significam, como se estivesse aqui sugerido que o trabalho filológico interessa menos à poesia do que a sujeira que suas escavações linguísticas deixam embaixo das unhas. Mais uma vez grafite, como sujeira, resto, pó e pigmento da palavra escrita, como névoa ameaçadora dentro da palavra madrugada (Morgengrauen) encerrando o poema, para ressurgir mais adiante, como por exemplo, em "O camundongo", baseado na passagem de Robert Musil pela primeira Grande Guerra Mundial. Aqui a passagem trágica do escritor pela guerra não se faz presente através da aproximação de um núcleo biográfico, ou seja, de um sujeito. O poeta se debruça neste caso sobre um camundongo que Musil observou como soldado nos Alpes e sobre uma fotografia de um cadáver de cavalo morto nas montanhas encontrada em seu espólio. Sem focar o sujeito, ele o encontra nos entornos de sua passagem, no grafite que se vê no pelo do camundongo, na revelação da foto em preto e branco e até mesmo naquela "alguma coisa esfumaçada", como escreve Musil diante da morte.

Sobre os umbrais cinzentos da morte é que passa o mais recente livro de Beyer. Predominantemente através de quartetos, o autor estabelece com *Serviço de limpeza de demônios* (2020) um espaço fantasmático. Beyer parece deixar claro já no título deste livro uma forma de expurgação dos demônios da influência que estão presentes em toda a sua obra. É como se a poesia aqui, mais autorreferencial do que nunca, funcionasse como um aparato linguístico para a caça de fantasmas que não só sussurram no ouvido do poeta, como também impregnam uma linguagem literária que conduz estes poemas a um umbral entre dois mundos – o dos vivos e o dos mortos, o da escrita e o do som, da voz própria e alheia. Mais do que expurgação, trata-se, como diz um de seus versos, de construir sobre ecos, trata-se de evocação. Vale lembrar que o termo demônio se refere muitas vezes à uma voz oriunda da própria consciência, mas que devido à sua postura de alerta ou de admoestação atua como uma voz exterior, um estorvo, uma má influência. Em muitos casos, a evocação destas vozes se dá através do retorno aos contos de fada, de volta a um espaço, vocabulário e paisagem da fantasia infantil, como nos poemas "Sonhos de foca" e "Verbos" ou mesmo no poema que leva o título deste livro. Já em outros casos, os demônios são evocados através da composição quase inteiramente documental de um gênero como uma receita que beira a simpatia, na qual o autor se vale de um manual com receitas para tratamento de doenças de cavalos, escrito entre 1510 e 1544 em Heidelberg, para expor a língua alemã em seu estado instável, contaminado e, portanto, carregada de sua função mágica, evocativa.

Marcel Beyer é um poeta de sobreposições, de interstícios: em seus surtos de escrita, ele empilha, cria camadas, sobrepõe e interpenetra espacial e temporalmente o distante e o próximo, o ficcional e o vivenciado, o falado e o escrito, o visto e o ouvido, o analógico e o digitalmente mediado, ele entrelaça a linguagem de acordo com os obstáculos que levam a escrita adiante. Não se trata apenas do domínio das palavras e de seu contato, ou mais precisamente: "momentos de contato" com o mundo. Trata-se também de abandonar a escrivaninha e descobrir em contato com outras artes formatos performativos e intermediários além do formato de publicação literária. A obra de Beyer não só é influenciada pelas artes. O poeta também trabalhou em cooperação com músicos e artistas visuais, produzindo libretos para óperas, assim como livros ilustrados. Durante uma residência artística na Villa Massimo, o poeta compôs com a artista suíça Jacqueline Merz, e com o músico Anno Schreier, o ciclo "A mestra da grelha", incluído nesta seleção. O plano inicial de Schreier era musicar alguns poemas de Michelangelo e combinar estes textos com elementos contemporâneos, emulando o palimpsesto que é a própria cidade de Roma. O trabalho conjunto entre o músico, o poeta e a artista plástica resultou numa peça musical, no poema de Beyer, cujas imagens dialogam com os poemas e Michelangelo, e numa série de imagens feitas com grafite, que ilustraram a publicação com título duplo: "Die Grillmeisterin" und "Rom, 2010".

Ao saber deste trabalho colaborativo de Beyer, pensamos em convidar Merz para ilustrar a edição que chega agora ao Brasil. A imagem da capa pertence a um ciclo de imagens chamado de *Marmormehl* (farinha de mármore), uma palavra que, como me diz a artista, expressa tanto corporalidade quanto furtividade. Quando visitei o ateliê de Jacqueline para selecionarmos uma imagem que pudesse ilustrar esta seleção, ela gentilmente me apresentou um conjunto de quadros feitos com grafite, assim como outros nos quais ela utilizou um pigmento azul que encontraram em uma base militar russa abandonada. Este pigmento é por acaso o mesmo do poema "O azul vindouro", publicado em *Forro Falso*. Depois de olhar algumas imagens juntos, a artista me mostra esta imagem e ficamos os dois olhando a escuridão que tomou conta de um pedaço da parede. Não sabia o que dizer. Neste ciclo a artista trabalha com tinta nanquim, têmpera de arroz, giz e, de fato, pó de mármore. Diferentemente da farinha óssea usada nas clássicas pinturas a óleo, a farinha de mármore tapa os poros da tela e facilita assim a aderência do pigmento, criando uma superfície fosca e brilhante, semelhante à pele, e permanecendo respirável. A imagem me repele e me atrai ao mesmo tempo. Ela então me pergunta o que eu acho e, vendo que sigo calado, ela me diz que algumas imagens não precisam só de espaço, mas precisam de tempo. Aos poucos começo a ver detalhes da imagem que não me pareciam claros até então. O breu de fundo se projeta adiante, a figura que parecia saltar da imagem recua e vejo então uma linha finíssima e constantemente interrompida, vermelha, que atravessa parte da imagem como se abrisse outras dimensões, dolorosas. Por fim, vejo texturas, as ranhuras e o movimento pulsante da mão da artista, de sua escrita sobre o escuro, sempre alheia, sempre em movimento, penso, machucando a superfície como a agulha do fonógrafo sobre a goma-laca, cicatrizando as cordas, produzindo vozes, vozes e mais vozes.

Douglas Pompeu

Origem dos poemas:

"Die dritte Person", "Blondes Gedicht", "Ein Photorealismus, Picknick", "Junge Hunde", "Froschfett", "Falsches Futter", "Die flinke Kürschnerin", "Der frühe Zucker, Berta", "Leni, tiernah", "Dunkle Augen", "Jihad Klänge der Heimat", "Das kommende Blau", "Stille, die Moccastube", "Mit Straßenschuhen" e "Nur zwei Koffer" são de *Falsches Futter*, © Suhrkamp Verlag Frankfurt am Main 1997.

"Erdkunde", "Schilf", "Olympia, Spätfilm", "Kitt", "Behandeltes Holz", "Stiche", "Ostpreußenmuster", "Narva, taghell", "Namen", "Fünf Zeilen" e "Der westdeutsche Tierfilm" são de *Erdkunde*, © Marcel Beyer 2002.

"Graphit", "Timide, timide", "Die rettende Zeile", "Endreimstimmung", "Schreibhand", "Die Grillmeisterin", "Ich muß", "Mischmund", "Deine Silbe Grimm", "Im Wörterbuch", "Wespe, komm" e "Die Maus" são de *Graphit*, © Suhrkamp Verlag Berlin 2014.

"Farn", "Papier", "Fünf Rezepte gegen Krötigkeit", "Schrot", "Sprache im grauen Bereich", "In Gesellschaft", "November", "Ginster", "In der Lauschgrube", "Betet für die dunkle Jahreszeit", "Tote Farben", "Robbenträume", "Der Mann mit dem schiefen Maul", "Buchstaben", "Dämonenräumdienst", "Verben", "Limbo" e "Meine Tintenstimme" são de *Dämonenräumdienst*, © Suhrkamp Verlag Berlin 2020.

Sobre o autor:

Marcel Beyer nasceu em 1965 em Tailfingen, Baden-Württemberg e é autor de quatro romances, seis livros de poesia bem como cinco aclamados volumes de ensaios. Em 2016, foi aclamado com o Georg-Büchner-Preis e, em 2021, com o Friedrich-Hölderlin-Preis. Foi organizador e editor entre outros das obras completas de Friederike Mayröcker assim como de Thomas Kling. Vive atualmente em Dresden.

Sobre o tradutor:

Douglas Pompeu nasceu em 1983, em Indaiatuba, e é tradutor e co-editor da revista *alba.lateinamerika lesen* em Berlim. Traduziu pela Edições Jabuticaba obras de autores alemães modernos e contemporâneos como Kurt Schwitters e Jan Wagner. Também é tradutor de *Passeios com Robert Walser* (1957) de Carl Seelig, lançado pela Papéis Selvagens, além de autor da plaquete *Habeas corpus. Doze sonetos e uma ode pública.* (Edições Jabuticaba, 2022).

Índice de títulos em alemão

Outros títulos das Edições Jabuticaba

Discoteca Selvagem
Cecilia Pavón
trad. Mariana Ruggieri e Clarisse Lyra

Virá a more e terá os teus olhos
Cesare Pavese
trad. Cláudia T. Alves e Elena Santi

Botões Tenros
Gertrude Stein
trad. Arthur Lungov

Por qual árvore espero
Eileen Myles
trad. Mariana Ruggieri, Camila Assad e Cesare Rodrigues

Variações sobre tonéis de chuva
Jan Wagner
trad. Douglas Pompeu

O livro do Martim
Daniel Francoy

Que tempos são estes
Adrienne Rich
trad. Marcelo F. Lotufo

Por trás e pela frente primeiro
Kurt Schwitters
trad. Douglas Pompeu

As Helenas de Troia, NY
Bernadette Mayer
trad. Mariana Ruggieri

O método Albertine
Anne Carson
trad. Vilma Arêas e Francisco Guimarães

O hábito da perfeição
Gerard Manley Hopkins
trad. Luís Bueno

Os elétrons (não) são todos iguais
Rosmarie Waldrop
trad. Marcelo F. Lotufo

Cálamo
Walt Whitman
trad. Eric Mitchell Sabinson

Nocaute / 6 poetas / Cuba / hoje
org. José Ramón Sánchez
trad. Rodrigo A. do Nascimento e Mariana Ruggieri

Ova Completa
Susana Thénon
trad. Angélica Freitas

Sotto Vocce e outros poemas
John Yau
trad. Marcelo Lotufo

História do Leite
Mónica Ojeda
trad. Ayelén Medail

Percurso livre médio
Ben Lerner
trad. Maria Cecilia Brandi

O velho que não sente frio
Daniel Francoy

Vontade de ferro
Nikolai Leskov
trad. Francisco de Araújo

Cidadã
Claudia Rankine
trad. Stephanie Borges

Cada um a seu modo
Marcelo F. Lotufo
posfácio Vilma Arêas

X, Y, Z
Carolina Tobar
trad. Marcelo Lotufo

Meus poemas não mudarão o mundo
Patrizia Cavalli
trad. Cláudia T. Alves

Moldávia
Timo Berger
trad. Douglas Pompeu

Caderno Goiabada
nina rizzi
posfácio Heloisa Buarque de Hollanda

Poemas mais ou menos de amor
Diane di Prima
org. e trad. Fernanda Morse

Rua Maravilha Tristeza
Frederico Klumb

9 788593 478284

Este livro foi impresso na gráfica Psi7,
em papel pólen natural 80 g/m² e cartão 250g/m²
e composto em Adobe Garamond Pro.